有些愛

總要痛過才明白

紙情

序

我唔係甚麼學者，冇修讀兩性關係嘅專業課程，亦冇關於心理輔導嘅文憑；我更加唔係拍過好多次拖，擁有無數人生歷練可以同大家分享嘅過來人……我只係喺一個破碎家庭長大，但仍然相信呢個世界有愛情，希望人人可以搵到幸福嘅普通人。

近幾日我睇到網上流傳一個日本調查，調查指出拍拖 6 個月、1 年、3 年係最易分手嘅階段。可能你會話拍得咁短，感情基礎唔深，梗係容易鬧分手啦，但其實拍拖時間長短同分手機會高低冇必然關係。

娛樂圈曾經都有兩對拍拖 10 年嘅情侶，佢哋人前放閃，人後繼續甜蜜，係眾人眼中嘅金童玉女。我哋總係將對愛情嘅憧憬、幻想投射喺佢哋身上，覺得佢哋可以拉埋天窗，一直相愛到老，可惜現實唔係童話，或者連佢哋本人都冇諗過曾經講過幾愛、幾愛，都有宣布分手嘅一日。

好似我經常講到男朋友對我點樣體貼，又會同讀者分享我哋未來嘅計劃，幻想我哋嘅將來……例如度蜜月應該去邊？去陽光與海灘嘅馬爾代夫，咁唔識游水嘅我會唔會覺得好悶呢？去冰島睇北極光，如果睇唔到又點算？甚至連第日屋企應該擺咩傢俬我哋都諗緊。

聽落我好似「定過抬油」，覺得呢段感情一定會一生一世。但咩叫一定？愛情冇合同簽，冇嘢係 100% 肯定到，就算簽紙變成合法夫妻，大家都有機會離婚收場。係啊，我同佢都付出咗好多，擺對方喺第一位，好用心咁維繫呢段感情。不過今日唔知聽日事，好多嘢話唔埋。兩個唔一樣嘅個體喺埋一齊，無論幾多承諾，彼此間依然存在好多不穩定因素，呢點我唔會否認。

睇到呢度，可能會有人質疑：「當拍拖超過 10 年都會分手，究竟呢個世界係咪仲有天長地久嘅真愛？」我寫分手，唔係想你睇完覺得好驚，而係想你知道，即使面對分手，都唔好放棄自己，放棄繼續愛人。

雖然感情完結，但諗深一層，就算彼此由原本以為一生一世嘅伴侶，變成最熟悉嘅陌生人，都唔代表咁多年一齊嘅時間係白費，因為冇佢，就唔會有今日嘅你。有套電視劇曾經講過，一開始命運將兩個軌跡截然不同嘅人連成一線，結為伙伴，緣淺，尚且如此；緣深，命運甚至要同佢登堂入室，莫名其妙就成為家中嘅一分子。若無相欠，怎會相見；離合聚散，各有定時。分開未必係失敗，你以為失去所有，其實每個人嘅出現都有佢嘅意義。佢嘅出現係為咗考驗你、扶助你，更多時係為咗帶出最好嘅你。每個相遇都足以影響一生，喺相遇同相分之間，我哋齊齊上咗一課——學識被愛，懂得去愛，去搵嗰個真正適合你嘅人。

「紙情」聽過大大小小嘅故事，和平分手嘅有；分得好肉酸，扯爛晒大家塊臉嘅亦有。關於拍拖大小事，可能你好熟悉，關於分手嘅問題，或者你一知半解。究竟幾時先應該講分手？點樣分手係最有風度？應如何處理自己嘅情緒、同前度嘅關係？如果想挽回段感情又有咩秘訣？《有些愛 總要痛過才明白》收錄咗考慮分手因素、分手方法、面對分手嘅正確心態，以及復合方法，以 62 篇章結合真人真事改編個案，希望大家畀時間自己諗吓應唔應該同另一半繼續行落去，定係決定分手，重新出發。

將心裡面嘅文字出版成書係好多文字工作者嘅心願，但其實能夠為你哋帶嚟啟發，搵到幸福就更有意義。我嘅觀點未必係最好，或者都能作為大家了解同應對感情嘅其中一個指引，一齊學習愛情。

目錄

Chapter 2/
The Ways of Breaking Up
第二章節 / 分手方法

Chapter 3/
The Right Way to Face a Break Up
第三章節 / 面對分手嘅正確心態

Chapter 4/
The Ways to Get Back Together
第四章節 / 復合方法

拍拖為求開心
拍拖不開心還有甚麼意義？

一世人生命有限

不要浪費時間於不合適的人

不是命運捉弄你

是你捉弄自己

與其繼續折磨自己

不如早日放生自己

忍一時

忍不到一世

低潮時最容易看到對方真面目

只可享福而不能共患難

他根本不值得你留戀

你以為刻骨銘心

原來他早已忘得一乾二淨

Chapter 1 /

第一章節

因素 考慮分手嘅

The Factors *of* Considering *to* Break Up

01

普遍分手導火線有邊啲？

　　根據非正式統計，10 對情侶有 9 對曾經講過分手呢兩個字：「你都唔明我講咩嘅，分手啦！」、「你喺夢裡面搞咗第二個女仔，我要同你分手啊⋯⋯」、「你再唔理我就分手㗎喇～」呢啲分手通常都係一時火遮眼講出嚟，或者想向另一半撒嬌先會咁講。不過我唔係想講呢啲，今日我想講真正離別嗰種分手。

　　拍拖剛開始，一切都係好美好，你哋會盡量隱藏自己嘅缺點，只界對方睇到自己嘅優點。但除非你哋天生係個視帝、視后，演技一流，否則你哋總有一日會見到大家嘅真面目。感情出現變化，或者你曾經有過分手呢個念頭。喺考慮應唔應該同對方分開之前，不如先睇吓其他人嘅小故事，睇吓你有無遇過類似嘅問題？

　　　　　　　　　　　　　　　　有些愛 總要痛過才明白

- 失去激情 感情變淡

「我哋由隔日見，依家成個月先見一次」── Melody

Melody 同 Tim 由大學到依家，一齊咗兩年半，永遠見到 Tim 就會見到 Melody，見到 Melody 就會見到 Tim，佢哋好似糖黐豆咁，感情好好，打風都打唔甩，係大家眼中嘅模範情侶。

Tim 係個好黐身嘅男朋友，生活上事無大小都會搵 Melody，問佢意見。唔只要隔日見一次面，仲要日日傾電話，次次 Tim 都傾到唔肯收線：

「吓〜你真係收線啊？」
「係啊！」
「你都唔掛住我嘅⋯⋯我唔准你咁快收線！」
「哎呀我要瞓喇，搞到我有黑眼圈唯你是問！」
「唔緊要啦，你有黑眼圈，咁其他人先唔會搶走你！」
「咁我咪愈來愈肉酸，唔要啊〜Bye Bye〜」

Tim 係個好體貼嘅男朋友，Melody 去買衫，Tim 會陪佢幫吓眼；Melody 嚟 M，Tim 會即刻落街買 M 巾畀佢，仲要買啱牌子同款式；Melody 病咗，Tim 會請假捉佢睇醫生……處處都表現出百般寵愛、無微不至嘅一面。即使鬧交，佢哋都好快和好，未試過鬧過夜。同 Tim 一齊，Melody 覺得好幸福，好滿足，以為佢哋可以一直咁樣直到永遠。

直到最近，Melody 同 Tim 傾電話嘅次數少咗，Tim 成日已讀不回，成個人好似消失咗咁。Melody 有主動問過佢咩事，佢只係話呢排好边，唔想傾，想休息吓。本來 Melody 真係以為佢轉咗新工，責任重咗，工作量大，所以冇心機傾偈。點知出到嚟，Tim 係有精力，但啲精力放晒落撳電話度，同 Melody 冇咩交流，捉住 Melody 嘅手都冇以前咁緊。Tim 好鍾意玩 War game，以前 Melody 會陪佢過旺角買裝備，依家 Melody 話想陪佢去買，Tim 就話唔使，佢解釋已經唔鍾意要特登出嚟玩嘅 War game，變咗鍾意留喺屋企玩 Switch。就算 Melody 想搭嗲，問 Tim 玩咩 Game，Tim 都只係好冷淡咁答：「講你都唔識，識你都唔明。」

Melody 唔係傻，明明大家之前好愛對方，依家 Tim 好似變

咗第二個完全唔認識嘅人，對佢冇以前咁好。佢唔想相信原本一段咁美好嘅愛情，去到今時今日咁疏離，佢好怕自己喺 Tim 心目中已經係個可有可無嘅人。

大部分嘅感情會經歷熱戀期，之後就到冷淡期。去到冷淡期，你同另一半相處嗰陣再冇初初一齊，做咩都好新奇嗰種心跳、緊張、刺激嘅感覺，取而代之係習慣對方喺身邊，油然而生嘅舒服、安心感。有人好鍾意呢種轉變，享受細水長流嘅愛情，認為對方就好似家人咁。有人好唔鍾意，覺得對住另一半太耐，好悶，最終熱情減少，感情變淡。呢個情況就好似咬香口膠咁，一開始香甜好味，咬到最後淡而無味，好想快啲吐出嚟。想知道你哋之間有冇變淡唔難：

1. 雙方冇共同話題，親熱、見面、溝通次數愈來愈少。

2. 約朋友仲多過單獨出嚟過二人世界。

3. 其中一方對另一方嘅事不感興趣，唔會再主動關心、理解對方。

4. 其中一方有難關，另一方唔再主動幫手。

5. 其中一方對另一方態度好敷衍，甚至唔耐煩。

愛一個人就係可以咁兒戲，愛嗰陣可以隨便搵到鍾意嘅理由，感情變淡嗰陣原來係唔需要原因。有第三者都話「死」得眼閉，冇咁迷茫，冇咁辛苦，因為你仲有理由去憎恨另一半，將對方喺自己嘅記憶中刪除。依家只係感情變淡，相信好多人都企咗喺度，心裡面有 9,000 萬個問號，唔知點做。

當初你同佢喺埋一齊嗰時畫咗條路畀大家行，終點係一個家。依家佢離開咗條路，你應該繼續行返原本屬於兩個人嘅路，預留位置畀對方，希望同對方繼續行落去，定係放棄糾纏，走出屬於自己嘅另一條路？

　　　　　　　　　　　　　有些愛 總要痛過才明白

- 覺得呢段關係好冇安全感

「我好驚，我根本唔知佢當我係咩」── Maci

Maci 同 Adam 係喺一次遊學團認識，Adam 個人怕怕羞羞，戴住眼鏡有幾分似 + 謙，Maci 坐唔定，主動撩 Adam 傾偈。估唔到兩個人幾啱嘴型，由是非傾到人生觀，講唔停口。旅遊結束前一晚，佢哋約好咗一齊飲酒，同大家講 Bye bye。唔知係咪酒精嘅影響，佢哋兩個愈傾愈坐得埋，身體接觸多咗，氣氛有啲曖昧。Adam 時不時望住 Maci，兩個人喺意亂情迷下，情不自禁地錫咗，最後發生關係。

Maci 同 Adam 足足曖昧咗半年，等到 Adam 畢業後，佢哋先正式確定情侶關係。大三嗰年，Maci 父母催佢帶男朋友返屋企，佢一口應承，但 Adam 就毫不猶豫地拒絕，死都唔肯見佢屋企人。

從嗰陣時起，Maci 先發覺有唔妥⋯⋯佢諗返以前，雖然 Adam 對佢好好，樣樣都就佢，但同其他情侶比起嚟好唔同。一直以嚟 Adam 都冇同佢影過合照放上社交平台，更加冇帶佢

見過朋友、家人，亦未同佢規劃過未來。Maci 將呢件事講咗畀 Cherry 知，Cherry 問佢哋係唔係真係鍾意大家，Maci 皺起眉頭咁話：「我真係愛佢，佢⋯⋯我都唔知啊⋯⋯唔好問我啦⋯⋯」Cherry 追問：「點會唔知啊？你係佢女朋友喎！依家成個情婦咁嘅？唔見得光啊？」聽到 Cherry 咁講，Maci 好驚咁耐以嚟得佢真心愛 Adam，Adam 就相反。

Maci 愈心急，愈冇安全感，就表現得愈衰，神經質到每天問 Adam 好多次：「你愛唔愛我？」Adam 每次都唔肯直接講「愛」，而係笑笑口咁對住 Maci。Maci 就嚟癲，佢好想知道 Adam 外面有冇第二個，如果有就早日退出，唔使傷得咁深。

想要維繫一段關係要有兩個最重要嘅元素，第一係新鮮感，即係畀到另一半刺激新奇嘅感覺，保持佢嘅熱情；第二係安全感，即係要做啲嘢令另一半安心，增加信任度。當安全感增加，你哋對段關係更有信心，兩個人嘅感情就會更穩定。安全感聽落好似好玄，好虛無，其實唔係，當你覺得呢段關係冇咩安全感，會唔會係因為佢做過以下行為？

有些愛 總要痛過才明白

1. 兩個人從冇影過合照。

2. 唔願意將你介紹畀朋友、屋企人認識。

3. 冇喺社交平台以任何形式，如相片、影片或文字公開有另一半。

4. 唔肯承認你女朋友嘅身分，主動話自己係單身，或者被其他人以為係單身都唔會否認。

5. 唔識分異性界線，同人哋傾偈仲密過同另一半傾，有過量身體接觸，單獨咁去飲酒、夜蒲，甚至去旅行，唔知咩係避忌。

6. 永遠唔會分享自己嘅家事、私事，連去邊、做緊咩都唔會透露。

7. 排除特別原因，如公幹、留學、溫書等，兩個人一個月見嘅次數少過 5 隻手指。

8. 重要節日唔係同你過，補祝都唔制（返工或有其他急事，又提供到證明嘅例外）。

9. 繼續玩交友 Apps。

10. 每次同你見面冇咩拍拖行程，最主要係上床。

11. 你打電話定係 Send 訊息畀佢，佢都係睇心情覆，想搵佢都搵唔到。

唔排除有人性格怕羞、鍾意低調先咁做，但其實要另一半有安全感簡單，係一個好伴侶應該要做嘅基本責任。如果佢繼續死都係咁，你依然對佢一無所知，佢好大機會係玩家，為咗方便周圍食女，特登將感情事低調處理，隱瞞你，玩殘你。

如果你正面臨呢個困擾會點做？希望感化到佢，定還是搵個會盡責，識尊重伴侶嘅新對象？

- 性格不合 價值觀有太大差異

「我同佢係兩個世界嘅人」—— Sally、Jimmy

　　一年前，Sally 同男朋友分咗手，好唔開心伏咗喺酒吧吧枱，自己一個飲悶酒。一邊飲，一邊喊，引來其他酒客側目。本身坐喺後面同朋友飲酒嘅 Jimmy 見到，怕 Sally 發生咩事，睇唔開，佢主動坐喺 Sally 隔籬，上前關心。醉醉吔嘅 Sally 好似搵到個樹窿發洩咁，係咁同 Jimmy 講前度點樣偷食，再點樣扮晒好好先生。曾經有過同樣慘情經歷嘅 Jimmy 感同身受，兩個人傾咗成晚，簡直係他鄉遇故知。

　　事後佢哋兩個一齊咗，互相慰藉。趁住暑假，佢哋用咗之前做 Part time 儲落嘅錢，去咗轉歐洲旅行。喺 Sally 24 歲生日當日，Jimmy 為 Sally 戴上汽水罐拉環，Sally 笑住問咩事，佢話：「你成日想結婚啊嘛～我應承你，會照顧你一世！」Sally 雖然口講叫 Jimmy 唔好玩嘢，但其實好開心，仲開始幻想第日佢哋生咗小朋友，一齊佈置新屋嘅畫面。

拍咗拖都有一年幾，Jimmy 覺得應該向屋企人介紹 Sally。一入到屋企，佢阿哥個小朋友即刻衝出嚟攬住 Sally 隻腳，好興奮咁話：「陪我玩！陪我玩！」Jimmy 一臉厭惡，忍唔住反咗吓白眼，同 Sally 講：「唔好意思啊，佢成日都係咁，唔受控制！推開佢就得⋯⋯」但 Sally 冇咁樣做，反而踎喺度，好開心咁同小朋友玩。食完飯，Jimmy 問 Sally 係唔係好鍾意小朋友，Sally 笑笑口咁點頭，話想第時結婚、擺酒、生一仔一女，等阿哥可以照顧細妹。Jimmy 好大反應，佢話自己由細到大都唔鍾意小朋友，覺得佢哋好煩。Sally 反指 Jimmy 冇愛心，Jimmy 皺起眉頭答：

　　「唔係有冇愛心嘅問題，問題係做人父母好大責任，望人哋 BB 實覺得好玩㗎，自己生出嚟要湊係兩回事囉。同埋生咗就好困身，邊度都唔去得，我想周圍去旅行見識吓先。」

　　「吓？你仲想去旅行？邊有咁多錢？用晒啲錢去旅行仲邊有錢結婚買樓，你又話想同我結婚？」

　　「想結啫，冇話呢排結啊嘛，咁快結做乜？」

　　　　　　　　　　　　　　　　有些愛 總要痛過才明白

嗰晚 Jimmy、Sally 為咗未來計劃嘈咗好耐，或者佢同 Sally 之前太天真，以為兩個人一齊只要大家專一就可以長長久久，冇諗過佢哋原來有好多想法係有咁大分歧，想要嘅嘢根本唔一樣……一個想繼續飄泊，享受人生；一個想安安定定，同普通人一樣結婚買樓，建立家庭。一個好憎小朋友，想二人世界；一個好鍾意小朋友，想做媽媽；一個憧憬未來幻想，一個把握現在。

　　拍拖好難搵到完全一樣嘅人，兩個人成長背景、家庭環境、生活習慣、性格、經歷唔一樣，就算感情再好，難免會遇到意見不合嘅時候。如果你想感情長久，一啲小矛盾，應該多多考慮到對方感受，互相遷就。例如你係個好摺嘅人，佢就鍾意周圍去，冇時停，咁個解決方度可能係你有時陪佢去見朋友，佢亦要抽時間同你喺屋企 Hea 全日。

　　一直都話最完美嘅情侶係一凹一凸嘅配搭。

　　性格唔同先會擦出火花。不過人唔係咁簡單嘅生物，喺成長過程中我哋會建立對家庭、道德、金錢、婚姻、宗教、政治等範疇嘅價值觀。所謂嘅價值觀係一個根深蒂固嘅思想，你由細到大

都信呢個講法，一直以來都跟隨呢種價值觀生活、待人處事，比起性格更深層次。假如你同另一半嘅價值觀唔同，重視嘅嘢都唔一樣，呢種矛盾就唔係咁易解決，舉幾個例子出嚟等你易啲明：

1. 你係個及時行樂嘅人，本住「返工係為咗生存」、「人生得意須盡歡」嘅想法，每個月都想出國去旅行，返工周不時上網搶平機票，買樓結婚呢啲枷鎖愈遲愈好。但佢就求生活穩定，工作為先，想盡早達到想要嘅身分同地位。佢日日限住自己用幾多錢，諗住及早儲完錢就上車，冇咩娛樂可言。

2. 你已經斷絕同異性朋友聯絡，想對方都係咁。但佢話呢個世界唔係男就女，唔想有人管住佢，每日放工會約埋成班朋友去蒲。

3. 你為人正直，奉行「明人不做暗事」，不屑去做小人或者低級事不屑去做，認為有實力就可以贏。佢覺得只要達成目標，過程用咗咩手法根本唔重要，喺背後暗算人、抹黑人，只要結果如自己所願就冇問題。

4. 你想結咗婚兩公婆一齊搵錢，平時使費 AA 制，財政獨

立。佢就一心想做家庭主婦，結咗婚就辭職，喺屋企相夫教子，而你就成為屋企嘅經濟支柱，每月將所有人工交晒出嚟，佢再畀零用錢你。

5. 你緊貼時事，成日好多不滿，覺得呢個地方有好多唔公義嘅事。雖然佢都支持你嘅睇法，但唔多睇新聞，你同佢傾，佢係完全搭唔到嘴。

好多情侶即使拍咗好耐拖，關係好似屋企人咁，去到準備結婚嗰陣先知價值觀上有咁大分歧。其實你哋兩個都冇錯，但係價值觀唔同，追求嘅嘢同人生目標唔同，會好難相處。因為價值觀即係做人原則，好多人唔鍾意被其他人挑戰、否定，唔想改變原來嘅自己。如果你無法理解、接受、尊重佢，依然覺得佢嘅原則係冇意義，繼續同佢對立，咁二人嘅距離就會愈走愈遠。

如果你同另一半都好愛大家，只喺價值觀上有好多分歧，你希望大家唔需要勉強改變自己，尊重彼此嘅價值觀？定係嘗試討論、磨合，睇吓對方會唔會被你感染到，最終妥協讓步，自願改變價值觀？定係覺得愛情上兩個人同步好重要，有啲嘢係勉強唔到就勉強唔到，選擇分手？

- 性方面夾唔到

「佢唔鍾意搞嘢，又唔畀我自己打飛機。」—— Anson

每次 Anson 同 Helen 出街，街上嘅途人都會對 Helen 行注目禮，老至皺晒皮嘅阿伯，後生到幾歲仲拖住媽咪嘅小朋友都會忍唔住望兩眼。無他，Helen 輪廓深，有幾分似大美人全盛時期，最重要係該肥嘅地方肥，唔該肥嘅地方，一啲肉都冇。佢自知身材好，都特別偏好著緊身衫、貼身短裙出街，大騷本錢。

作為朋友、同事，梗係勁羨慕 Anson 呢個衰仔啦，有個咁靚嘅女朋友，實晚晚玩到榨乾榨盡先瞓覺，我哋恨都恨唔到㗎喇，不過 Anson 實情有苦自己知。Anson 話每次見到 Helen，弟弟都忍唔住抬起頭，好想同 Helen 妹妹 Say hi，奈何 Helen 唔太鍾意搞嘢，並非宗教原因，亦唔係想留返婚後先破處，Helen 真心對性冇咩渴求。之前 Anson 試過買玩具、Cosplay 吓想挑起佢性慾，Helen 仲反感，搞唔掂。好多時 Anson 要開口求足一個禮拜先肯啪啪啪，仲只可以做最基本嘅傳教士式。

雖然佢哋拍咗拖 6 年咁耐，最密都只係試過 4 個半一次，認真誇張，不過 Anson 係真心愛 Helen，除咗呢點，佢話 Helen 其他地方都好好，性格好夾，兩個早已談婚論嫁。不過人人天生都有性慾，就好似肚餓要食飯、急尿要去廁所咁正常。Anson 為咗解決慾望，點算？咪睇住 AV 去打飛機，食自己囉！點知 Helen 連咁樣都接受唔到，鬧佢好核突，睇埋啲咁嘅嘢。

Anson 死忍爛忍，終於諗到可以喺出面嘅公廁打飛機。但佢一行入去，嗰陣酸臭尿壓味即刻撲鼻而來，地下好多鞋印、污水、紙巾碎、望到都想嘔，都唔知啲人有冇對準個馬桶先嚟屙尿。佢揸住自己碌嘢，不禁嘆咗口氣，然後馬上閉氣，用口呼吸，最後快快打咗出嚟就算。

如果將愛情比喻為飯，咁性愛就會係調味料。只食飯梗係飽肚，餓唔死人，但係個飯淡而無味，你唔會覺得好食。當然有部分情侶共同選擇柏拉圖式戀愛，追求精神上嘅溝通，完全唔渴求肉體關係。但對於大部分人嚟講，有性，可以點綴愛情，令大家感情更親密。性方面夾唔到係可以包括好多方面，最普遍嘅情況有：

1. 好似 Anson 同 Helen 咁，其中一方對性行為冇咩興趣。

2. 其中一方或雙方經常得唔到高潮，滿足唔到。

3. 其中一方有特別性癖好，如 SM、捆綁等，另一方未能接受。

4. 其中一方精力旺盛，過度沉迷性行為，另一方應付唔到。

5. 其中一方因為宗教或身體健康（如陽痿）問題，暫時或永久不能進行性行為。

性係咁重要，如果夾唔到真係唔知點算，你覺得呢個情況應該忍落去，定係離開對方？

- 對方符合唔到你對物質嘅期望

「只係得愛情冇麵包，可以養到我咩？」—— Polly

Polly 讀書時識咗同系嘅 Kevin，嗰陣 Kevin 為咗追佢，特

登同佢同組做 Project，日日叫 Polly 放學去「拉把」傾。完咗個 Project，佢哋唔單只得到好好成績，仲撻著咗。

有時 Polly 會去 Kevin 屋企，望住佢同啲同學連線玩 LOL；同佢一齊開 MeTube 跟住啲 MV 自彈自唱；玩「三國殺」。有時 Polly 會趁 Kevin 屋企人去咗旅行，留喺度陪 Kevin 瞓覺，順便探索吓大家嘅身體。

咁嘅日子好青春、好輕鬆，眨吓眼就過咗 6 年。Kevin 啱啱 Grad 嗰陣 Send 過幾十份 CV 都冇回音，只有一間話想請佢做打電話 Sell 嘢，一個月人工得 $11,000。本身 Kevin 諗住唔接，呢個時候佢阿哥突然爆單杰嘢，急住要搵錢幫手還債。佢冇得揀，惟有做住先。至於 Polly 情況都唔太理想，畢咗業都唔知做咩好，求其搵咗份文職就算。

佢哋加埋人工先啱啱好兩皮，但又好想出嚟住，上年喺 Agent 介紹吓搵咗個舊區嘅唐樓單位同居。唐樓樓高 6 層，冇軩其實唔多掂，落樓都 OK，上樓又咁啱拎住喺樓下乾完衣嗰袋衫，又重又迆。Polly 曾經埋怨過唐樓環境差、隔音差、治安差，

問 Kevin 點解唔搵份好啲嘅工，搞到佢哋要住喺啲咁嘅地方。Kevin 好無奈咁話，就算住唐樓都要月租成皮嘢，扣埋其他雜費，每個月只係淨返唔多錢：「唔使食？」

有次 Polly 去中學同學婚禮識咗個高大有型嘅男仔 Ian，對方住寶馬山，走嗰陣主動話可以兜埋 Polly 去天后。沿途上，Polly 同 Ian 傾得好開心，原來 Ian 同新郎係 HKU 同系嘅大學同學，畢咗業兩個一樣做咗銀行，間唔時都有出嚟聚會。雖然 Polly 有時會聽唔明 Ian 講緊咩，但直覺話畀佢知 Ian 識好多嘢，份人仲好體貼，例如頭先幫佢開門、扣安全帶。

之後 Polly 有 Keep 住同 Ian 聯絡，兩個好投契，相反佢同 Kevin 經常為咗芝麻綠豆嘅小事嘈。佢愈來愈嫌棄 Kevin，不滿佢搵得雞水咁多都咁多嘢講。佢好掛住 Ian，好想同佢一齊，搬佢去間大屋住，起碼生活環境好好多，而且唔使煩生計問題，冇咁大壓力。

愛情同麵包一向係好多人爭議嘅話題，支持麵包重要啲嘅人比較注重外在條件同物質。「良禽擇木而棲」，佢哋覺得為咗將來

有舒服啲嘅生活，要求另一半嘅經濟條件高啲好正常。再者香港人嘅物價愈來愈高，衣食住行統統都好貴，唔少人就算有份工，唔使淪為失業大軍，人工都唔高，只係可以勉強維持生活而已。「貧賤夫妻百事哀」，佢哋認為有錢未必樣樣都得，冇錢就樣樣都唔得，想建立家庭都要左諗右諗，冇理由兩個人勁辛苦咁捱足一世。

而支持愛情比較重要嘅人較重視感覺，佢哋覺得兩個人相愛睇嘅唔係家底有幾多，而係睇大家個心善唔善良，適唔適合做一個廝守終老嘅伴侶，能夠搵到個人真心愛自己先係最重要。如果另一半唔愛自己，終日出去玩女人／男人，玩到唔肯返屋企，幾有錢都冇用，一啲都唔幸福。再者人嘅慾望係無窮無盡，呢個世界大把有錢人，呢個有錢啲，他日嗰個再有錢啲，咁點算？想換畫換到幾時？所以佢哋好樂天知命，唔介意同另一半一齊捱，好多嘢貴有貴用，平有平用，慳啲使一樣開心。

其實兩邊都有佢哋嘅道理，不過要揀就應該早啲揀，因為你一早知道另一半係咩學歷，咩人工，亦預計到日後生活質素。想中途退賽一定會招人話柄，如果比著你，你會扶另一半一把，同佢捱落去，定係堅持離開，搵個更有錢嘅人，唔使為三餐煩惱？

- 對方唔係合適結婚對象

「佢係好好，我好愛佢，但我唔覺得佢可以付託終身。」—— Lily

自從出咗嚟做嘢，想約到中學同學難過搶演唱會飛。大家返工、放工時間唔同，通常 A 放早，B 要 OT；B 咁啱要清假，A 又 Book 咗堂打泰拳。約咗十幾次，Lily 同死黨 Bosco 終於夾到食飯。

Lily 係個好低調嘅人，唔玩社交媒體，咩 i 豬、Fanbook 都冇，中同近況零更新。多得 Bosco 話畀 Lily 聽，佢先知原來成績最差又成日被人罰留堂嗰個開咗咖啡店做老闆、校草移民咗去英國、眼鏡妹變到勁索做咗新聞主播。仲有當初好多人媾嘅靚女班花，竟然早已經結婚、生咗兩件，依家身形比以前發脹咗幾倍，由 XS 變 L，一睇就知佢生活美滿幸福。

「嘩！完全認唔到，仲有佢個仔咁大個喎。」Lily 見到班花近照，驚訝到眼都突埋出嚟。Bosco 冷笑咗聲，問 Lily：「都 30 幾啦，結婚生仔有幾閒？你點先，同條仔拍咗拖 5 年幾啦，幾時結婚先？到時我實封大份啲嘅人情畀你。」

唔經唔覺，Lily 同 Fred 已經牽手度過第 5 個年頭，平時大家傾偈好多話題，一樣鍾意睇動漫，隔日就會見面，好似幾開心。之前 Lily 未諗到結婚呢個問題，當 Bosco 問起，佢一幻想到要同 Fred 對住成世，回想起對方種種缺點，先發現自己接受唔到。

　　第一，Fred 係裙腳仔，對屋企人孝順梗係好事啦，但 Fred 衰在太聽屋企人講嘢，完全冇自己主見。有次 Fred 帶 Lily 見家長，未來奶奶淨係掛住同 Fred 傾偈，就算 Lily 主動打招呼都冇畀反應。Lily 諗住入廚房洗碗博加分，未來好奶竟然一句撻埋嚟：「你咪掂我啲嘢啊！打爛咗你賠啊？」Fred 明明知道自己老母啲態度好惡頂，但佢淨係幫住老母，完全冇保障過 Lily：「媽子唔好嬲啦，唔使理佢。」Lily 嗰陣心諗：你依家已經咁樣，第日結咗婚你實幫住老母啦！

　　第二，Fred 太懶，對未來毫無冇計劃，同佢一齊睇唔到將來。自從 Fred 被公司炒咗之後就終日喺屋企 Hea、打機，「三點不露」。Lily 知道 Fred 都唔想被人炒，所以希望陪 Fred 一齊捱過呢段日子。冇錢，唔介意，Lily 交埋 Fred 嗰份租金、水電媒。冇工返，唔介意，Lily 幫 Fred 搵埋工，Send CV，但 Fred 連去見工

嘅動力都冇，次次都有藉口推。Lily 份糧一直養緊兩個人，每個月少少錢都冇得淨，佢開始睇唔到大家嘅未來。佢理想嘅婚後生活係同老公繼續返工，兩個人搵錢，足夠養到兩個小朋友。但依家嘅環境，令 Lily 唔敢再幻想之後係點樣。

普遍人拍拖多數去散步、行山、食飯、睇戲、行街，買嘢、旅行，以為平時相處嘻嘻哈哈，雙方條件差唔多、性格唔差，就代表合適結婚。又或者聽到對方講到幾愛你，講到自己幾好、幾好，被愛情沖昏頭腦，好想快啲以身相許。

可惜，Sorry，拍拖同結婚係兩回事嚟㗎。結婚，代表兩個人結為夫妻，將餘生交畀對方照顧，發生咩事都要一齊面對、互相扶持。揀結婚對象唔同喺街市買棵菜咁簡單，唔係話一夠適婚年齡就趕住結、屋企人叫到就結、拍咗拖好耐好似應該要結就結。錯啊！人生大事求求其其，揀錯咗，你第日就會後悔當初咁草率。

所以唔好只係睇表面，要了解佢成個人係點，例如做人有咩目標、工作態度與能力、同屋企人及朋友嘅關係等，問問佢心目中理想嘅婚姻係點。當你講拍拖拍得耐咗，對另一半認識加深，

你先會揭開佢真面目，可能你會發現佢有唔少問題，好多嘢「講就無敵，做就有心無力」，同佢塑造出嚟嘅形象好唔同。呢啲問題忍一忍都 OK，忍一世就唔同講法。一想像到將來結婚，要同對方一齊生活，佢唔會照顧到你，你亦唔會依靠到佢，呢個時候你應該點做？

拍拖開心，要結婚就擔心。你覺得呢個情況應該繼續一齊，定係因了解而分開？

- 仲好掛住甚至鍾意前度

「我發現自己放唔低之前嗰個⋯⋯」—— Morris

Morris 同 Maggie 分開第 3 日，Maggie 啲嘢已經全部搬走晒。鬧鐘準時 7 點叫醒 Morris 起身返工，佢同以前一樣用 15 分鐘刷牙洗面，3 分鐘著起嗰套黑色嘅西裝。放工返到屋企，Morris 行勻全屋，將 Maggie 用過嘅牙刷、留低嘅 Memo 紙都揼晒落垃圾桶，消除 Maggie 住過嘅痕跡。

同 Maggie 分開第 10 日，仍然迷糊半醒時份，Morris 突然覺得胃痛，當刻下意識咁叫咗句：「Maggie。」叫咗幾次都只係聽到冷氣機嘅運作聲。啊，忘了，Maggie 已經走咗，係佢趕走的。

分開第 8 個月，日子回歸正常。Morris 嘅工作量愈來愈多，由之前只需要寄電郵、列印、整報告，做吓啲文書嘢，依家要入房開會、管理下屬，日日 OT 冇得收工係常態，連休息時間都唔多。

做嘢忙到甩轆，好彩公司同事好好，唔會有人是非當人情，亦無辦公室政治，同事就有如戰友，希望一齊喺職場上搏殺，做到好成績。放工一齊食嘢，有時放假仲會約出嚟行山。其中一個同事 Yannie 對 Morris 特別好，佢係個好可愛嘅女仔，眼大大，臉圓圓。Morris 諗諗吓都發現覺得單身咗太耐，唔記得咗被愛係咩感覺，於是順利成章同咗 Yannie 發展。

Yannie 唔係唔好，佢一心一意愛 Morris，為咗佢改咗貪玩嘅性格，告別夜蒲嘅習慣，但佢諗嘢好細路女，有時 Morris 放假要搞公司嘢，Yannie 即刻發脾氣，要 Morris 放低手頭上嘅工作，氹咗佢先。比著以前，Maggie 會自己搵嘢嚟做，一定唔會煩住佢。

　　　　　　　　有些愛 總要痛過才明白

終於畀 Morris 捱到升職嗰日，呢 8 個月嚟佢冇介意過 OT，
乜嘢豬頭骨都鯁過。佢好開心，但呢個時候佢最想通知嘅對象唔
係 Yannie，而係 Maggie。拍拖 3 年嚟，如果唔係 Maggie 一直喺
背後支持佢，鼓勵佢，佢一早就 Resign 咗。

Morris 控制住自己唔好再諗 Maggie：「我依家個女朋友係
Yannie！係 Yannie！」不過佢愈逼自己唔好諗，佢腦海中就浮
現更加多過去同 Maggie 一齊嘅快樂回憶……佢突然好想睇返同
Maggie 以前啲相，兩個喺 39 度高溫去海灘焗埋口面、去 OP 被
後面出現嘅「鬼」嚇一跳、去韓國旅行一齊著韓服……嗰陣咩相
都影一餐。

有日 Morris 喺商場見到剪咗短髮嘅 Maggie，同一個男仔並
排而行。Maggie 同個男仔有傾有講，臉上露出好親切嘅笑容，好
似喺邊度見過……係啊，Morris 同 Maggie 仲一齊嘅時候，佢講
笑話氹 Maggie 笑，就會出現依家咁嘅甜笑㗎喇。

跟住落嚟嗰個禮拜，Morris 諗返起 Maggie 嘅日子愈來愈
多，每次要平復心情嘅時間愈來愈長，悔意、愛意，混雜不清

嘅感情交織埋一齊。佢開始收唔到聲係咁喊，好心痛，好掛住Maggie，慢慢忽略 Yannie。

其實人真係好好笑，當最珍貴嘅人喺你身邊嗰陣唔識珍惜，忘記對方喺你病咗嗰陣點照顧你；忘記對方曾經為你捱過幾晚夜去整嘅禮物；忘記當初講過嘅誓言。為咗令另一半離開你就故意忽略對方，甚至傷害對方。到真係失去咗先明白對方有幾重要，痛恨自己當初點解唔用心補救，冇用力挽留，以前最愛嘅人，依家只係最熟悉嘅陌生人。

明明忘記唔到，偏偏你又要開始新戀情。可能想威畀前度睇；可能當現任係水泡，畀自己攝時間；可能想借現任等自己冇咁唔開心。無論係咩原因，你對現任都係極度唔公平，人哋用真心去對待你，你個心竟然冇現任嘅位置？有冇考慮過人哋嘅感受？

如果你忘記唔到前度，你會選擇同現任一齊，逼自己放低上一段感情，定係分手，搵返前度？

- 過唔到同居呢關

「佢太污糟，我頂唔順啊大佬」—— Jasper

Jasper 同屋企人關係唔係幾好，佢阿爸阿媽係好傳統，思想封建嘅家長，好想佢可以讀醫，有份穩定收入，所以好反對佢去學攝影，認為幫人影相冇前途。每次 Jasper 喺屋企執相、抹影頭，佢阿爸都會入房同佢嘈：「第日揸兜乞食啊？」阿媽聽到就會和應：「佢好巴閉啦，唔會聽我哋講㗎喇，由佢後悔⋯⋯」你一言，我一語，聽到 Jasper 好躁底。

為咗影相，Jasper 唔知同父母鬧咗幾多場交，佢覺得阿爸阿媽好煩，想搬出去住好耐，但返緊學冇錢畀租金。畢業之後，佢去咗間 Studio 打工，人工算唔錯，咁啱又被佢搵到個筍盤，$8,000 月租，位處鬧市，包水、電、煤、WiFi。細就細咗啲，200 呎都唔知有冇，不過起碼唔使對住屋企兩老先。女朋友 Daisy 知道之後大力贊成，佢話拍拖咗耐好想試吓同居係點，於是兩個人開始婚前同居生活。

可惜好景不常，平時拍拖正正常常，一齊住先知原來咁多問題。第一件事，原來 Daisy 極之污糟，用完啲紙巾、M 巾周圍掉都算，旅行都見識過，最大問題係啲衫著完唔拎去洗，就咁放喺張床度，堆到成座山咁，發出陣陣「噏」味。第二件事係 Daisy 好食懶飛，Jasper 已經煮埋畀佢食，佢都唔會主動幫手執枱、洗碗。頭一兩個月，Daisy 都有攤分啲租，後來拖吓拖吓都冇畀到。

Japser 同 Daisy 仲曾經為咗一件事鬧大交，原來 Jasper 係個返到屋企一定要沖咗涼，清潔好全身先會坐上張床嘅人，覺得咁樣乾淨啲，唔會帶晒街外細菌入屋；Daisy 相反，佢係個返到屋企唔換衫，直接坐上張床嘅人。有時 Daisy 會喺床上面食薯片、朱古力，啲碎跌到張床周圍都係。

初時 Jasper 會做晒清潔，執好晒間屋，舒舒服服，不過每次唔使幾耐，Daisy 又會整亂返。Jasper 好崩潰，佢放工已經好劫，好想唞吓，唔想再一個人做晒所有嘢。依家佢覺得好似湊多咗個女咁，辛苦過同阿爸阿媽住。

俗語都有話「相見好，同住難」，如果你已經認定另一半係

你嘅結婚對象，記得點都要租個地方試吓同居先。一來出街拍拖只係好短時間，佢有心想呃你，偽裝成好人係好簡單。唔想只係睇到表面嘅佢，同居就可以 24 小時觀察佢，深入認識佢係個點嘅人，係唔係真心愛你？會包容你？總唔信佢 24 小時都 Keep 到完美狀態。二來你哋係兩個個體，成長背景、生活習慣唔同，婚前未試過一齊生活，婚後先知大家會唔會有分歧，夾唔夾到。同居雖然可能會增加磨擦機會，但早啲發生，好過遲啲先遇到，及早了解就可以快啲解決。

不過咁，有血緣關係嘅屋企人日日住埋一齊都成日鬧交啦，同另一半同居爭拗一定唔會少。

1. 同居開支分配問題，伙食費、租金、水、電、煤、管理費，可能仲有差餉，佢會借啲意唔畀就唔畀，等另一半唔好意思問，畀埋佢嗰份。

2. 作息時間問題，一個早瞓，一個夜瞓，醒咗嗰個人係唔係保證到一粒聲都唔出？水聲、煮嘢食聲、開閂門聲，如果你易扎醒就冇覺好瞓。

3. 以前有屋企人執手尾，依家出嚟住，佢都以為有人，唔會自動自覺執返好啲嘢。例如唔揼紙巾、唔倒廚房鋅盆廚餘、唔執走去水位啲頭髮、去完廁所唔沖廁、唔抹走啲尿漬等。

4. 頭家大家都有份，但佢冇諗過為頭家負責任，分工合作，將清潔打掃、買餸、煮飯、洗碗嘅家頭細務畀晒你做。

5. 同居咗大家會一直見面，佢想你 24 小時嘅時間都要畀晒佢，唔畀做公司嘢、自己嘢、約其他朋友等。

有啲人會選擇幫手做埋佢嗰份，不過你主動幫佢，等於縱容緊佢做個懶蟲，習慣被你照顧，佢冇多謝你不特只，仲會以為你應該同奉旨幫佢。你唔肯再幫佢，佢反而怪返你轉頭，話你份人好計較、好煩。最後，可能你唔鍾意佢冇摷嘢鋪枱，覺得好污糟；可能佢覺得你啲衫唔摺好，亂糟糟，呢啲小事積埋積埋就變咗分手導火線。

假如同居遇到以上問題，你應該努力糾正佢嘅壞習慣，偶爾幫輕吓佢，互相遷就，定係當早日認清佢真實一面，分手要狠？

　　　　　　　　　　　有些愛 總要痛過才明白

- 對方要求太高 屢受批評

「佢成日發脾氣，佢要我做到嘅事我一定要做到」——Alex

追咗成年，又送嘢，又管接送，Alex 終於得到 Christy 嘅答覆，由一等兵升格做咗將軍。佢收到訊息嗰刻，開心到喺條街度大叫咗出嚟：「我得咗喇！」雖然被街上面啲人用奇怪嘅目光望住，但佢冇理咁多，追到女神大過一切。

Christy 係一個獨女，自小想要啲咩，當佢係掌上明珠嘅阿爸阿媽都會盡量買畀佢。長大後，照顧 Christy 嘅重任就落咗喺 Alex 呢個男朋友身上。例如 Christy 好唔鍾意做家務，放工返到屋企郁都唔想郁，要 Alex 一個人包辦晒煮飯、洗碗、揼垃圾、拖地、洗衫、摺衫。例如每次出街食飯，Christy 都會將張單揻畀 Alex，叫佢埋單。例如 Christy 好鍾意買家具，每次買完一袋二袋都會畀晒 Alex 一個人拎，自己就兩手空空，舒舒服服行街。Alex 冇咩戀愛經驗，唔知乜嘢先係為之好男朋友，所以無論 Christy 有再多嘅要求，叫佢做咩，佢都會一一滿足。

不過 Alex 聽晒 Christy 話都未夠，Christy 要求又多又高，有時佢做唔到 Christy 心目中想要嘅水準就會捵鬧，慢少少都唔得。有次 Alex 趕緊公司嘢，凌晨 12 點前要交畀老闆，Christy 喺夜晚 11 點突然想食雪糕，要佢落街買。Alex 講到明唔得閒，做完就落去買，Christy 即刻發小姐脾氣：「岑俊輝！你好嘢！叫你做少少嘢都唔得，依家份工緊要，定係我緊要？」咁不可理喻，Alex 梗係行理到，最後 Christy 嬲到離家出走、分居、分手，總之好大件事，要 Alex 喺 Christy 屋企樓下連續等咗 3 晚先氹得返。

Christy 唔鍾意聽人講嘢，成日得佢講，冇人講。試過行行吓想食個米芝蓮嘅 Omakase，Alex 話糧尾冇錢，不如下次先食，Christy 眼尾都冇望過佢，自己一支箭標咗入去，想食乜就叫乜，完全冇理過 Alex。好彩嗰陣 Alex 張信用卡未被 Christy 碌爆，如果唔係，佢哋兩個實被人放上網唱啦。

類似嘅事件重複又重複咁發生，Christy 被父母縱得太緊要，由細到大佢嘅世界只有自己，導致佢要求多多，諸多不滿，從冇考慮 Alex 作為男朋友嘅感受。拍咗半年拖，Alex 經常要追住 Christy 嘅步伐，永遠得唔到認同，佢覺得地位好卑微，拍得好辛

有些愛 總要痛過才明白

苦、好劫:「佢好固執,成日覺得自己啱晒,我一定要就佢。我都係人,我都有阿爸阿媽生,我生出嚟唔係要被人勞役。其實外面大把好女仔,點解我要咁折墮、咁委屈?」

呢個世界上有種人極度自我中心、自大、自戀,有異常強勁嘅優越感,認為自己好完美,要求另一半聽晒自己話,佢嘅特徵包括:

1. 自己嘅說話就係皇命,唔聽人講嘢,唔容許你有反對聲音。

2. 常鑽牛角尖,唔肯承認錯誤,唔會反省自己有咩問題,只會將責任推卸畀你,仲要你對佢百般遷就。

3. 不負責任地放縱自己,鍾意做咩都得,另一半做咩都唔得,嚴人寬己,雙重標準。

4. 好逸待勞,覺得你奉旨要服侍佢,如要求你每次請客,事後唔會識感恩。

5. 想要咩都要即刻得到，經常提出無理要求，另一半做唔到就會發脾氣。

6. 對你要求極高，一定要做到佢想要嘅水準，符合佢嘅心意，做到又會嫌三嫌四。

7. 好鍾意吹噓自己，以為自己好勁，同時踩低你，取笑你嘅弱點，抬高自己。

8. 佢嘅世界只得自己，只顧分享自己嘅事，唔會主動關心，更唔重視你嘅感受同需要。

9. 經常透過唔同手段利用人，攞人著數，但佢完全唔覺得有問題。

面對呢種人，你應該點做好？睇吓有冇其他辦法解決，定還是果斷講分手呢？

有些愛 總要痛過才明白

- 被背叛 變咗綠帽俠

「原來佢一直呃住我」——— Kate

Kate 係個唔太管男朋友嘅女朋友，唔介意 Alvin 同女仔朋友傾偈、出街食飯，只要事先同佢講而佢又同意就得。

Kate 有個好朋友叫 Amanda，之前佢同 Amanda 約出嚟食飯，Alvin 都有跟埋去，佢兩個仲好啱嘴型。當日返到屋企，Alvin 突然話：「喂！Amanda 又大波又腿幼又瘦，個樣又 Sweet 又淫，真係好正。」以上嘅說話 Kate 都認同，因為 Amanda 就係咁完美嘅人。

自此，Alvin 不時都會睇 Amanda I 豬啲相，當時 Kate 都不以為然。不過 Kate 將 Alvin 嘅說話諗得太簡單，以為嗰句單純只係讚美嘅意思。直至有次 Kate 沖沖吓涼冇帶毛巾，想入房拎返，卻意外偷睇到 Alvin 向住 Amanda 啲泳衣相打 J……Kate 覺得好過分，AV 女優做性幻想對象都冇問題，因為 AV 女優好似明星咁，唔會觸碰到，但佢唔明點解 Alvin 偏偏揀咗佢嘅好朋友嚟 J。

Kate 每日制止唔到自己回帶 Alvin 射出嚟嗰個樣，可能 Alvin 成個腦幻想緊點樣搞佢朋友……

終於 Kate 忍唔住問 Alvin：「點解你咁多人唔 J，係要 J 我朋友？」

Alvin 好激動咁話 Kate 好煩、管住晒，反問佢有咩問題。Kate 攝高枕頭反省，究竟係咪自己太保守，佢冇將件事話畀 Amanda 知，費事人哋覺得核突，朋友都冇得做。

嗰日之後，Kate 同 Alvin 出街次數愈來愈少。Alvin 唔係話忙，就話要返屋企食飯，打電話又 10 問 9 唔應。佢哋關係慢慢變得疏離，Kate 覺得好奇怪，但當佢每次問 Alvin，對方都會話佢諗太多。忽然，Kate 醒起 Alvin 對住 Amanda 啲相打 J 件事，開始懷疑係咪自己嗰次鬧完 Alvin，Alvin 耿耿於懷，搞到大家關係咁樣。

「對唔住呀，我唔應該阻止你 J 邊個。」

兩個剔，已讀。睇嚟 Alvin 好介意嗰件事，惟有等下咗唞氣先啦。

有次 Alvin 主動打畀 Kate，Kate 好開心，但當時 Alvin 成身酒氣，醉到唔知自己喺邊。Kate 好擔心 Alvin，於是同佢搭的士，送佢返屋企。突然 Alvin 電話「叮」一聲，傳來一個訊息，上面寫住「Amanda」。

　　「天網恢恢，疏而不漏」，Kate 用 Alvin 嘅手指開鎖先發現佢呢個月原來一直同 Amanda 無間斷咁傾偈，講嘢好曖昧，互相幫大家改咗親密稱呼，佢哋有時甚至背住 Kate 偷偷哋約出街。轆上少少，Alvin 竟然同 Amanda 講 Kate 壞話：「唉，佢好煩，如果佢好似你咁溫柔就好喇。」

　　等到第二朝，Kate 質問 Alvin 點解要搞佢朋友，Alvin 開頭唔認，反駁指自己嘅行為好正常，只係同 Amanda 係普通朋友咁傾偈，冇搞嘢就唔算出軌，調返轉怪 Kate 小事化大。Kate 好激動話要分手，Alvin 終於認咗大家有搞嘢，但就將責任推晒落 Amanda 身上：「佢明知我同你拍拖，佢都死要跟住我，佢威脅我唔同佢一齊就爆我大鑊。」Kate 回想過去嘅日子，頓時醒覺 Alvin 早已經睇中咗 Amanda……

件事穿咗，Alvin 即刻 Block 咗 Amanda，又成日主動報告行蹤，開埋電話定位界 Kate 隨時睇佢喺邊度，等佢有多啲安全感。Kate 日日瞓唔著，一合眼個腦就幻想到 Alvin 同 Amanda 拖手、行街、搞嘢嘅畫面。佢覺得 Alvin 好好戲，同時覺得呢個人好恐怖，唔知應唔應該再信佢。

好多人都渴望愛情係一生一世，永恆不變，可惜外面嘅世界太多誘惑，另一半控制唔到，就會做出背叛你嘅行為，輕則講大話、有所隱瞞，重則可以精神、肉體出軌，行為包括：

1. 同其他異性互叫親密暱稱，講嘢曖昧露骨，滲透愛意。

2. 將專注力、關心放喺其他異性身上，體貼入微，有如男女朋友。

3. 同另一半以外嘅異性進行過分身體接觸，如錫嘴、愛撫、任何方式接觸性器官。PTGF（Part time girlfriend 兼職女友）、PTBF（Part time boyfriend 兼職男友）、叫雞、叫鴨、搵炮友、一夜情、多人運動都係。

呢種人不負責任，大多都有唔同藉口去包裝件事，會將自己做錯事嘅原因歸咎喺人哋或者你身上，自己就扮無辜、扮可憐、扮好人，敢做唔敢認。例如話你太忙，冇時間理佢，所以佢搵第二個；話同你關係唔係咁好，想搵其他人問意見；話酒後亂性，唔知自己做緊乜；話人哋主動示好，佢只係被動角色等。

佢希望件事聽落好似好合情合理，但其實呢啲所謂原因只不過係藉口，目的係等你以為佢好愛你，冚你繼續同佢一齊，心軟原諒佢，等佢再搵機會出軌。咩都係假，自私地想尋求刺激、新鮮感先係真。佢從來冇將你放在眼內，冇諗過你發現咗又惶恐、又驚訝、又失望感受；冇諗過你會傷得好重；冇諗過你會變得唔相信愛情，總之為咗快感，做咗先算。

知道另一半背叛自己，你想繼續當冇事發生，死忍喺埋一齊？想攤牌，睇吓佢會唔會後悔，為你改變？定係唔再依賴佢，決斷分手，堅強面對？

- 不滿只有自己付出太多

「佢好似唔係好重視我咁」——Emma

Vincent 係 Emma 嘅初戀，Emma 好珍惜呢段感情，對 Vincent 非常好。

Vincent 喺港島返工，做剪片嘅佢工作非常忙碌，經常留到凌晨 1 點仲喺公司剪緊片，好難抽到時間同 Emma 見面、拍拖。Emma 冇介意過，佢知道 Vincent 成日忙到晚飯都食唔到，自己特登喺屋企煲咗湯，再喺大埔搭的士出港島，就係為咗送上親手整嘅老火湯畀 Vincent 飲。但 Vincent 冇感動不特只，仲次次都鬧佢，叫佢唔好再嚟公司阻住佢。

每個月月尾，Emma 都會整小手工送畀 Vincent 做紀念日禮物，有微型花店模型、相機造型嘅相簿等等。Vincent 份人可能比較隨性，唔在乎紀念日，佢收完禮物，講句多謝就算數，冇任何表示。就連 Emma 生日，Vincent 都話要 OT，同唔到佢慶祝。雖然 Vincent 都唔想突然 OT，但至少有補祝都好……最慘係補祝

有些愛 總要痛過才明白

都冇。

有次甚至 Emma 發燒、傷風、咳，好唔舒服，佢打畀 Vincent 講自己病咗，Vincent 只係叫佢：「休息多啲，飲多啲暖水」，跟住繼續埋頭苦幹咁做嘢。Emma 心諗，暖水係萬能嘅話就唔會有人死啦，全世界啲醫生可以辭職唔使撈，個個長命百歲。佢諗返起上次 Vincent 病到死死吓，自己同公司請假陪 Vincent 睇醫生，又煲粥餵 Vincent 食，對比之大，令佢個心翳住翳住。

Emma 好劫，佢覺得自己地位好卑微，好似付出幾多，Vincent 都係以事業為重，唔肯花心機、時間喺自己度。佢覺得好唔公平，懷疑對方對自己究竟係唔係真心，怕自己做咗傻仔被人玩弄感情都唔知。

隨便喺街上都會搵到唔少情侶屬於唔平等關係，付出太多，同付出好少嘅人其實係有溝通問題。你之所以覺得自己付出太多，係因為你經常做出犧牲自己利益嘅行為，用自以為好嘅方式取悅另一半，以求獲得你想要嘅回報。你心裡面其實係希望自己

為佢做咗好多嘢之後，等佢感激你，盡量做到你嘅要求嚟報答你。當你得唔到想要嘅回報，你就會覺得蝕底。

問題係好多時佢根本冇叫你咁做，你冇理解到對方真正想要嘅嘢係乜嘢，冇睇到對方鍾唔鍾意，接唔接受，結果用錯力。即係佢好鍾意著 U 記嘅衫，你不斷買名牌，強調使咗好多錢，好貴，逼佢要著。喺呢件事上價值同心意唔重要，最重要係佢唔鍾意亦唔需要名牌。你一味盲目同過分付出，反而會對對方造成壓力，唔知應該做咩去回報，對你嘅愛意漸漸變成悔意。

再者另一半咁懶，唔肯付出多啲，有好大原因都係出自你身上。當你次次自願攬晒啲嘢嚟做，慢慢佢就會出現惰性，覺得呢啲事理所當然係你嘅責任，佢唔使付出啲咩就可以坐享其成，享受你帶畀佢嘅好處。

如果你真心好愛佢，你會繼續單方面付出，將自己地位降到最低，定係主動溝通，認清大家嘅需求，分開去搵真正合適自己嘅人？

- 你變心鍾意咗第二個

「同嗰個人傾偈好多嘢講，好開心」—— Renee

Renee 啱啱升咗大四，就識到第二個學系嘅 Leo。Leo 係白面書生型嘅男仔，充滿文青氣色，令 Renee 對佢一見鍾情。因為一次 Camping，佢哋開始一齊。女嘅靚女，男嘅靚仔，旁人都覺得佢哋好登對。

當初，佢哋兩個真係好甜蜜，好愛對方。Renee 稱呼 Leo 嗰陣會 BB 前，BB 後，好冤氣。每分每秒佢都想 Leo 喺自己身邊，做每件事之前又會諗起 Leo。佢又會第一時間覆訊息，好鍾意同 Leo 傾偈嘅感覺。

約會前一日，Renee 會做定資料搜集，用本 Hello Mimi 嘅細簿仔記低 Leo 鍾意食咩，唔鍾意咩。到咗紀念日，Renee 甚至花咗成晚，送上精心準備嘅爆炸盒。只要望到 Leo 笑，Renee 已經覺得成個人被佢迷住，同佢一齊係呢生最幸福嘅事。

不過大家一齊嘅日子愈長，Renee 發現 Leo 個人太正經，講嘢好悶，問一句先答一句，一日最多識講：「早晨」、「食咗飯未？」、「放工嘑？」、「做緊乜嘢」、「早抖啦」同埋 Leo 份人冇情趣，唔識浪漫，唔知點樣講甜言蜜語氹女仔開心。就算 Renee 教佢點樣示愛、撒嬌，Leo 內斂又怕羞，始終唔肯開口。連平時出街，Leo 都唔鍾意喺大庭廣眾攬吓或者錫吓住 Renee，Renee 做主動，Leo 都會縮開。

　　大學畢業後，Renee 識咗個男同事，對方就算著住西裝，都差啲包唔實啲肌肉，好大隻。佢講嘢幽默風趣，成日氹到 Renee 好開心，覺得返工時間過得好快，工作壓力都減輕咗好多。Renee 不自覺將 Leo 同男同事比較，同男同事傾偈，佢又真係開心啲嘅⋯⋯

　　人一生會遇到好多人，可能你被其他人嘅性格、外表所吸引。一日未有任何承諾，未簽誓言，你仲有成個森林可以選擇。唔係每段愛情都會開心結果，你唔一定要同另一半長相廝守，只要唔係出軌，唔需要諗到自己係負心人，要背上好大嘅罪名。睇清楚佢係唔係一個好人，呢個唔適合，唔使夾硬一齊。好過揀咗個唔好，硬住頭皮同對方結婚、生仔，大半世人苦苦堅持，最後

　　　　　　　　　　　　　　　　有些愛 總要痛過才明白

離婚，只會白白浪費大家時間，又辛苦自己。

假如你對另一半覺得厭倦，覺得大家唔太適合，你會努力搵啲新鮮感，再睇清楚大家夾唔夾到，定係盡早離開，重新愛過另一個人？

- 其他人反對你哋喺埋一齊

「阿媽好反對我哋一齊」—— Ben

3 年來 Ben 都冇帶過 Lucy 見媽咪一面，因為佢哋未見過面，媽咪就經已好反對佢同 Lucy 一齊，講到明唔想見到 Lucy。佢試過幫 Lucy 講好說話，讚 Lucy 對父母考順，做嘢勤力，係個好女仔，可惜都改變唔到啲嘢。Ben 唔知問題出咗喺邊，不過都冇理咁多，一方面繼續同 Lucy 發展；另一方面過時過節依舊幫 Lucy 送禮物畀媽咪。

本來大家冇見面，一直相安無事。近日 Ben 媽咪突然打電話畀 Lucy，警告 Lucy 唔可以同 Ben 結婚，否則就會同 Ben 斷絕母

子關係。Lucy 好唔開心，唔明自己做錯咗啲咩，搞到 Ben 媽咪咁憎自己。Ben 忍唔住問媽咪咩事，原來因為風水佬話 Ben 同 Lucy 八字唔夾，拍拖都冇乜嘢，結婚就一定唔得，Lucy 一定會剋死 Ben 咁話。Ben 媽咪聽到嚇到心都離一離，所以先叫 Ben 同 Lucy 分手。

Ben 喺外國讀完書返嚟，唔信呢啲嘢，堅決唔肯同 Lucy 分開，結果同媽咪吵大鑊，要搬出嚟住。Lucy 見到 Ben 咁幫佢梗係開心啦，但佢好唔想見到 Ben 為咗佢，犧牲同媽咪嘅感情，個心好唔舒服，好似害咗個家庭咁，所以佢問 Ben 係咪真係要堅持一齊。

《孟子 · 滕文公下》其中一句：「父母之命，媒妁之言」，反映以前年青人嘅婚姻大事都要由父母作主，經媒人介紹。部分人盲婚啞嫁，結果造就咗一對對唔幸福嘅夫妻。去到依家 21 世紀奉行自由戀愛，昔日嘅封建禮教早就不復再，終身大事唔再交畀其他人決定，而係掌握喺自己嘅手裡面。人人有選擇另一半嘅權力，你都有。

父母嘅說話可以作為參考，或者佢哋只係太緊張，怕你被人呃，所以反對你哋喺埋一齊；或者佢哋係唔講道理，一係自私

有些愛 總要痛過才明白

地想留你喺身邊陪佢，一係純粹歧視人哋嘅外表、人工、社經地位。佢哋阻止嘅手法來來去去都係嗰類：

1. 限制你嘅行為

沒收你電話、鎖門唔畀你哋見面、唔再畀零用錢你等。

2. 用唔同理由去威脅你

斷絕父母關係、去做傻事等。

諗清楚父母對你另一半嘅睇法有冇理據，搞唔掂就要搵其他幫到手嘅人說服、介入，總之最終決定權都係屬於你。

比著係你，你會堅持一齊，好好捉緊對自己好嘅人，同另一半共同面對，定係考慮屋企人感受，對自己同另一半自私？

- 對方控制慾強 好大壓力

「我個人唞唔到氣，冇咗自己」—— Venus

    Venus 係個模特兒，平時會接啲平面廣告、電視廣告嚟做。因為佢皮膚白，身材高挑，對眼水汪汪，好有氣質，網民都叫佢做空靈系女神。佢有一個拍咗拖 5 年幾嘅男朋友 Tommy，Tommy 望落好溫柔、斯文，講嘢細細聲，同 Venus 好夾，唔識佢哋嘅人覺得佢哋好好感情。

    可惜呢啲只係外人見到嘅美好，實際上 Tommy 係個演技好好，喺人哋面前扮到好好男友，對住 Venus 就係個變態控制狂。Venus 份工成日要接觸啲客、PR，當中一定有男人，佢咁靚女，多人追就梗，雖然佢都每次都拒愛，講明自己有男朋友，但 Tommy 唔係咁諗，佢覺得係 Venus 水性楊花，姣到啲男人暈陀陀。

    因為工作需要，Venus 要放低電話，專心拍嘢。即使 Venus 已經交代自己要做嘢，Tommy 都好鍾意趁佢忙緊嗰陣瘋狂打嚟，有次誇張到 Send 咗 56 個訊息，連續打咗 36 個電話畀 Venus。

有些愛 總要痛過才明白

「點解你上咗線一分鐘都唔覆我？同緊邊個傾偈？」

「我咪講咗自己做緊嘢……我開電話睇個客 Send 畀我嗰張造型相咋……唔係我點跟住佢要求做出嚟？」

「你講大話幾勁吖，返到嚟你就死。」

見到 Tommy 咁講之後就冇再上線，Venus 好驚。因為 Venus 做完嗰單 Job 之後，Tommy 即刻搶咗佢部電話，逐個 Check 吓講咗啲咩，見到有男人就會幫佢 Block 人：「又同啲男仔傾偈！當我冇到啊？畀綠帽我戴？吓！」Tommy 好大力咁推 Venus 落地，坐喺佢身上面，唔畀佢拎返部電話。

呢個情況已經唔止發生一次，次次 Venus 都會喊到塊臉腫晒，第日拍唔到廣告，慢慢被人唱佢「大牌」。其實 Tommy 真係好癲，唔只唔畀 Venus 同異性交流，仲唔准佢同朋友出街，放工要直接返屋企。Venus 好辛苦，佢成日提出分手，Tommy 都會喊晒口咁跪喺 Venus 面前道歉，話以後都唔會咁。Venus 唔忍心，又會再畀機會 Tommy。

當然人嘅本性係唔會咁容易改變，發生過一次就會有第二

次，疑心重、控制狂、暴力傾向嘅問題亦漸漸逼癲 Venus。有幾次，Venus 提出分手，Tommy 不停打咗百幾次電話滋擾佢同佢家人。Venus 熄機唔聽，一心想逃離呢段關係，但 Tommy 行動不斷升級，逼佢復合。第一次就喺佢屋企樓下捕住佢，捕到上到佢屋企，不斷拍門拍咗成粒鐘：「我知你喺度㗎八婆！」搞到被鄰居投訴。第二次，Tommy 寄咗封信畀 Venus，用自殺嚟威脅佢，叫佢唔好分手：「我死咗，你安樂咩？」。第三次，Tommy 趁 Venus 出門口，即刻扯佢出門，捉實佢頭髮，威脅佢要一齊返，否則將佢嘅裸照全部公開，嚇到佢唔敢唔聽 Tommy 話。

呢種係典型控制狂兼恐怖情人，鍾意完全管束伴侶生活，好難相處。佢會咁係源於對自信心不足，自卑感愈來愈重，經常疑神疑鬼，好怕你會唔要自己，識咗第二個。佢一直呷醋，當佢自控能力差就會情緒失控，衝動、常發脾氣，希望透過唔同手法管住你，控制慾極高。一旦唔順佢意，同佢意見唔一樣，佢就會傷害自己、傷害人哋，係極度危險人物。如果佢出現以下問題，咁你要小心：

1. 一秒都唔想離開你，要你將所有時間畀晒佢。

2. Send 訊息、打電話一定要秒回、即聽。

3. 出手傷害你。

4. 搶走或故意整爛你嘅財物。

5. 以自殺或各種理由威脅你聽佢說話。

6. 唔畀你出街、甚至鎖你喺屋企。

7. 限制你自由活動。

8. 唔畀你認識任何一個異性。

8. 透過電話甚至真人滋擾你日常生活，仲牽連到你朋友同屋企人。

9. 私下跟蹤你。

呢種人唔係太愛你，太緊張你，佢係太愛自己。如果佢真係愛你，佢就會考慮同重視你嘅感受，唔會夾硬要你做唔鍾意做嘅嘢。當你遇到呢個情況，你會繼續永無止境咁委屈、犧牲自己去迎合佢嘅要求，定係分手？

- 自己未玩夠 唔想定落嚟

「我係無腳嘅雀仔，唔想定落嚟住」── Henson

Henson 閱女無數，有時落老蒲請啲女飲酒，再去尖沙咀開房「食快餐」。因為成日幫襯開同一間藥房買 Condom，連老闆都認得佢。「人生得意須盡歡」，咁多年嚟佢都數唔到自己食過幾多條女。有次佢仲玩埋三人行，玩到第日腳仔震震。

最近佢幫朋友做兄弟，見到新娘隔籬個伴娘對車頭燈大得誇張，搶鏡過新娘好多。咁大個仔，Henson 試過 A、B、C、D，最盡 E，係冇試過 G！望落去皮膚又白又滑，條線 3 寸長，行路仲彈吓彈吓，望到 Henson 都睜大對眼，差在未流口水。

有些愛 總要痛過才明白

Henson 主動出擊，傾咗一陣偈，佢終於問到最重要嘅資訊。呢個 G Cup 佳麗 Clara 係個幼稚園老師，平時返工都係得女同事，未有男朋友。佢心諗個天真係待佢不薄，畀個性感尤物佢嘆。不過喺言談間佢估計 Clara 係個比較保守嘅女仔，睇怕唔可以當佢「快餐」咁食，惟有等得咗手先，做咗男女朋友再慢慢食。

去到某日夜晚，大家情到濃時加上飲咗少少酒，Henson 終於試到 G Cup 嘅奶香味，原來將個頭埋入去嗰種感覺好壓逼，好正！正當佢諗住拎埋件外套，靜靜雞開門走，點知見到 Clara 喺廚房著住圍裙煮早餐嘅背影。

搞過咁多條女，Henson 都未試過見到有個女仔咁賢良淑德（鬼咩，次次都一夜情，未到第二朝人哋都走咗啦）。佢見到 Clara 咁好，想睇吓可以再好到點，所以決定認真拍吓拖，享受被人服侍嘅感覺。

Clara 係個好好嘅女仔，日頭會整自家製飯盒畀 Henson、會買啲護膚品幫 Henson 整靚啲皮膚，主動幫 Henson 執屋等，成個日本人妻咁；夜晚就主動餵飽 Henson，簡直冇得彈。Henson

覺得好爽、好正，但佢將呢段感情諗得太簡單。拍拖拍咗半年左右，佢慢慢發現 Clara 間唔中會提吓結婚呢樣嘢，會拉佢去金行度 Window shopping，可惜 Henson 從來冇諗過要結婚：點解兩個人拍拖一定要結婚？開開心心，享受呢一刻咪幾好，完全唔想被結婚束縛住⋯⋯於是佢一直敷衍 Clara。

Clara 唔係蠢，有次問到出口：「其實呢你有冇諗住娶我？點解我次次講起，你都左避右避，你想避到幾時？」Henson 心諗又問，覺得好煩，終於忍唔住爆：「成日問問問，娶你又點，唔娶你又點？好煩啊！」Clara 嚇到喊咗出嚟。

通常拍咗拖幾年，情侶之間就會開始認真傾吓未來嘅藍圖，例如幾時買樓？幾時結婚？幾時生小朋友？講多幾句，你就會感覺到對方究竟想唔想結婚。

有人拍拖目標就係等對方畀名分自己，認為結婚係付出多年青春嘅成果；代表對方認定自己為一生嘅伴侶，係負責任嘅表現；又指結婚對大家更有保障，當其中一方不幸患病，要入院做手術，另一方都可以以配偶身分幫佢簽名做手術。有人係不婚

　　　　　　　　　　　　　有些愛 總要痛過才明白

主義，覺得結婚只係一個形式，愛一個人唔一定要簽紙承諾啲咩嘢。甚至可能係佢未準備好，未玩夠，一心覺得結婚無咩好處，結咗反而責任重咗，冇咁自由，呢種人，逼佢結都冇用。

當其中一方個想結婚，另一方唔想結婚，愈心急，愈逼，就愈反感。面臨呢個情況，你會繼續等落去，定係覺得兩個人目標唔一樣，好難夾落去，應該盡早止蝕，分手搵第二個？

- 異地戀或移民 難維繫感情

「我哋愈來愈少 Facetime，問親佢都話唔得閒」—— Wilson

Wilson 同 Carmen 係大學同學，自從去完 OCamp，佢個腦就成日諗住組 mate Carmen，上堂留意住對方，又成日搵藉口見面。Carmen 漸漸對 Wilson 日久生情，冇幾耐大家就一齊咗，一直好幸福咁拍咗 3 年拖。

呢個故事仲未完⋯⋯去到大三，Carmen 突然話想去加拿大留學，趁後生生去其他國家見識吓。Wilson 雖然好掛住

Carmen，但都認同呢個係擴展眼界嘅好機會，所以決定放走 Carmen。去到上機當日，Carmen 好唔捨得 Wilson，一諗起之後冇得聞到 Wilson 身上嘅味道、唔可以攬住、唔能夠一齊瞓覺，情緒一時間爆發出嚟，喊到收唔到聲。Wilson 見到 Carmen 咁樣都好心痛，眼前視線漸漸模糊，淚水不斷流落嚟。

幾唔捨得都好，佢哋兩個始終要分開，開展遠距離戀愛。頭一個月，Wilson 每日都會同 Carmen Facetime，講吓自己一日做過乜嘢、遇過咩人，有咩開心同唔開心嘅事。返工一有時間，佢就會拎電話出嚟搵 Carmen 傾偈，講吓上司壞話、公司嘅是非。Carmen 一得閒都會 Send 自拍畀佢，話佢知自己去咗邊度玩，似乎同喺香港拍拖冇乜分別，嚴格嚟講，佢哋反而仲傾得密咗。

第二個月，佢哋已經分隔兩地足足成個月時間，Wilson 仲未習慣到呢種感覺，成日覺得好寂寞，好空虛。相反 Carmen 已經完全融入當地生活，唔係成日覆到佢。就算有時間傾到偈，Carmen 每次上線時間都只係得 5 分鐘，根本傾唔到啲乜。佢碌吓 Carmen I 豬，見到最高嗰十幾張相都係 Carmen 喺加拿大同同學嘅合照、風景相，唔使問都知好開心。

去到第三個月，Wilson 冇再同 Carmen 日日 Facetime，因為佢每次問 Carmen 得唔得閒，對方都會話未得，做緊嘢。其實佢嘅願望好簡單，只係想見到 Carmen 一面，希望喺僅餘嘅時間中，珍惜兩個人見面嘅快樂時光……但呢個願望遲遲未實現到。有次佢終於忍無可忍話：「成日話自己好忙，我見你 IG 咪又係周圍玩！你係咪唔記得咗我嘅存在呢？你覺唔覺得自己變咗好多？」Carmen 好激動咁反擊：「唔係我變咗啊！我去加拿大係學嘢，你就當我玩？玩嗰個係你咋啩，係你好似一直喺香港原地踏步啊。」講完就 Offline 咗，好耐都冇上線。

　　異地戀又稱為遠距離戀愛，即代表兩個人喺唔同國家生活，分隔兩地拍拖。近年移民人數不斷上升，好多時其中一方跟隨家人遷移到其他國家居住，另一方就為咗家人、朋友、學業、事業等原因留喺香港，所以異地戀個案都持續增加緊。除非你超級有錢，又唔介意一來一回冇咗好多時間，可以日日搭飛機去搵對方，否則異地戀要面對嘅問題都幾多，日子將會好難捱，好難維繫。

　　1. 唔可以見到真人，無法透過陪伴、擁抱、親吻、性行為增進感情。

2. 因為見唔到對方，所以你只可以完全信任佢嘅說話。如果疑心、妒忌心重，對雙方關係只有弊多於利。

3. 大時大節見到其他人一對對，自己就得一個人，心中難免寂寞。

4. 喺佢有事、最需要你嘅時候，你唔可以第一時間出現，去佢身邊幫手，保護佢。

5. 隔住熒幕鬧交，唔能夠即時睇到佢嘅態度、語氣，容易產生誤會。萬一佢斷絕電子聯繫，問題永遠都解決唔到。

6. 如果佢唔識表達自己，或者收埋自己，唔會主動分享所見所聞，你好難了解佢諗緊咩，有機會感情變淡。

當要有日你同對方要異地戀時，你願意付出比常人更多嘅努力、時間、精神去遷就對方，如約固定時間聯繫、相約喺唔同地方做同一件事，互相分享，以感受彼此嘅存在，拉近距離？定係唔再堅持，放生大家？

　　　　　　　　　　　　　有些愛 總要痛過才明白

- 身分地位有明顯差距 自卑感大

「我襯唔起佢⋯⋯」——— Edan

　　Vincy 家底好好，住喺東涌私樓，Mommy 做律師，Daddy 做生意。畢咗業 Vincy 冇搵工壓力，因為 Daddy 一早喺公司留咗個位，叫佢得閒就返去學吓嘢。而 Edan 就喺基層家庭長大，除咗佢，屋企仲有 60 幾歲嘅老媽子、退咗休嘅老竇、一個讀緊小學嘅細佬。為咗養家，Edan 18 歲未夠就出嚟打工。機緣巧合下，佢哋兩個相遇，相識，相愛。

　　Edan 成日讚 Vincy 係個 200 分女朋友，唔介意佢冇錢，仲要為咗同佢一齊，同屋企人鬧咗場大交，又唔怕被朋友笑揀咗個爛橙。佢心諗，可以同到 Vincy 一齊真係好開心。但慢慢，Edan 不斷被身邊人寸「食軟飯」、「靠女朋友」，令佢反省自己係咪揀錯人。

　　喺好多人眼中，Vincy 係一個斯文有學識嘅女神，好多男仔都愛上佢嘅完美，博晒命咁討好佢，但偏偏佢睇中 Edan 呢個毫不起眼嘅公屋仔。Edan 每日臨瞓前就會諗，佢哋兩個嘅世界根本

唔一樣，距離實在太遠。佢仲喺度煩緊細佬嘅書簿費，放工可以打鋪機已經好開心；Vincy 已經同屋企人去應酬，傾生意，佢身邊嘅男仔朋友唔係劍橋，就係牛津。

Edan 愈諗，愈控制唔到自己嘅思緒，佢不斷將自己同 Vincy 比較，覺得好大壓力：「點解你咁好，咁完美？我點都追唔上你嘅成就，我完全比唔上你！」每當佢亂諗嘢就會打千字文畀 Vincy，一路打，一路好怕 Vincy 覺得佢好煩。

自信心低令 Edan 24 小時唔安心，好怕自己會戴綠帽。佢不停 Check 住 Vincy，想 Vincy 每分每秒話畀佢聽做緊乜嘢。有時 Vincy 忙緊，佢又會控制唔到自己亂諗，衰到唔信對方解釋，一味係咁鬧，係咁鬧，語氣極差。頭幾次 Vincy 都好好，會好有耐性咁安慰佢，後來 Vincy 已經唔想覆，因為覆嚟都冇解。佢睇得出 Vincy 對住佢嘅眼神，多咗一份無力感。

自卑感極重嘅人心態好複雜、矛盾，首先你會經歷第一個階段，不滿出身於基層家庭，冇咩資源。被人睇唔起都冇咩好丟臉，最丟臉嘅事係連你都睇唔起自己，成日否定自我，唔相信自

己嘅能力，咩都唔敢去做。你喺另一半面前更加抬唔起頭，無法振作：「我咁渣，邊似得你咁吖」、「我都係唔得㗎啦」搞到另一半心情受到負面影響。

不過為咗掩飾自卑，提升自尊感，有部分人會進入第二個階段，就係不斷貶低另一半嘅價值：「都唔係好勁啫」、「乜你都係咁咋？」或者搵啲嘢去鬧，企圖令自己感覺冇咁差。同時由於你自卑感重，極度缺乏安全感，怕另一半會背叛你、傷害你，所以你好想無時無刻控制住另一半嘅行動，搞到最愛嘅人都怕咗你。

究竟兩個人嘅身分地位有咁大分別，可唔可以一齊到？你認同「人窮志不窮」，與其不安，不如努力工作，追上對方，定係不思進取，繼續被自卑感同不安蠶食，畀佢搵一個更加合襯嘅另一半？

02
你應唔應該同佢分手？

　　點解想分又分唔到？分手講出嚟就簡單，但到真係要認真實行嗰陣，唔係咁容易㗎葉師傅，好多人因為唔同原因以致下唔到決心，最常見嘅原因包括：

　　1. 覺得個問題都唔係好嚴重，對方罪不致分手，仲有彎轉。好想嘗試同佢傾，努力一下，睇吓解唔解決到個矛盾。

　　2. 一齊嘅時間太長，好多回憶，唔算係好愛佢，但唔捨得放棄多年感情。亦可能你覺得喺佢身上花咗好多青春、心機，唔甘心就咁分手，之前嘅付出將化為烏有，好似所有犧牲都白費咗咁。

　　　　　　　　　　　　　　　有些愛 總要痛過才明白

3. 講分手好似好賤格，唔想講咗被人覺得係衰人，係破壞感情嘅始作俑者，被人唱通街。寧願一直拖，拖到對方忍唔住講，自己就可以全身而退。

4. 覺得分手好大件事，唔知分咗手之後會點，可能怕自己一時衝動講分手，第日會後悔；可能怕對方接受唔到。總之對未知嘅後果產生恐懼，冇勇氣講出口。

5. 對方好好人，佢好了解你嘅一切，你同佢一齊都好舒服、開心，而且有共同朋友圈。可惜大家之間真係有難以解決嘅問題，搞到你猶豫不決，擔心一旦分手就會做唔返朋友，失去呢個生命中好重要嘅人。第時要朋友聚會嗰陣仲會面左左，好尷尬。

6. 一直諗住大家會相愛到老，其他朋友、屋企人都係咁諗，怕分手之後被其他人追問，受唔住閒言閒語。

唔係段段愛情都可以走到最後，分手呢個決定冇絕對啱定錯，亦唔使理其他人點睇。鍾意就繼續一齊，唔鍾意就走。唔鍾意但夾硬要喺埋一齊，不斷忍耐、掙扎，對佢定對你都好痛苦。

喺問其他人意見之前，你應該問吓自己係點睇，問問自己有咩感覺，再決定應唔應該同對方分開。

- 冇辦法同佢正常溝通

唔好以為成日鬧交嘅情侶關係好差，如果識理性地鬧交最好，代表大家對彼此仍有愛，好想努力做啲嘢去補救，回復以前嘅親密關係。透過溝通，你哋有咩不滿、意見不合可以拎出嚟傾，一齊反省，諗吓大家係唔係有邊度做得唔好，有咩改善空間、解決方法。你哋積極互相包容、遷就、克服分歧，你哋先有機會和好，咁呢段愛情仲有得救，感情甚至會勝過從前。

相反從來冇鬧過交就要小心，如果你曾經嘗試想同佢傾你哋之間嘅矛盾，但對方只係一味逃避，輕則扮冇嘢，迴避話題，轉咗講第二樣嘢，或者每次都 Hea 答「無所謂」、「是但啦」、「你鍾意」；重則拒絕溝通，例如熄機唔聽電話、改電話號碼、Block 晒你所有通訊 Apps 同社交平台、避開唔見你等，咁樣係永遠都解決唔到問題。表面上佢冇乜嘢，其實內心有好多地方睇你唔順眼，谷埋谷埋，總有日會爆。愛情係需要擺個心落去經營，佢冇

心溝通，唔重視呢段關係，呢種愛情係唔會有結果的。

即使佢願意同你溝通，不過佢唔肯承認責任，一味將所有責任推去你度，講到自己完全冇問題，啲咁樣嘅人，你都唔使考慮。因為你哋會好似「火星撞地球」咁，每日不斷冷戰，和好，冷戰，和好，陷入惡性循環，一直取唔到共識，你繼續同佢一齊會好扴、好失望。佢本性如此，唔好諗到自己係救世主，可以用愛去感化佢。佢夠愛你，你咩都唔使做，只要講一句，佢就會主動為你改；佢唔愛你，你點激動鬧佢都冇用，佢依然故態復萌，佢覺得辛苦時，你又唔開心。

關心妍都有唱啦：「是我太過愛你 願意放生你 無謂你抱陣我也這麼的晦氣。我亦算知醜 無謂強迫你 難道要我對著你句句要生要死。就當愛錯了你 就當放生你 無謂你說話裏有這麼多怨氣。我就放開手 無謂再忍你 明白放過你是放過自己這個道理。」勉強冇幸福，兩個人嘈極都得唔到結果，分手係最好嘅選擇。

- 為咗佢失去自己

愛情係要互相遷就，如果你呢段關係裡面將自己地位降到最低，不斷委屈、犧牲自己，失去尊嚴，以求滿足佢嘅要求，咁樣已經係唔平等嘅關係。

假如你付出咗咁多，換嚟嘅只係次次有佢講冇你講，對住佢一定唔可以有主見，要好似隻死狗咁聽話；佢做乜都係啱，你點樣努力去做好都係錯，經常挑剔、批評你呢樣唔掂，嗰樣唔得，永遠達唔到佢心裡面嘅水準……咁算啦，仲就嚟做乜啫？每個人都有阿媽生，憑咩每次只有你要忽略自己感受去遷就佢，仲要包容佢嘅一切？憑咩佢可以咁樣踩低你，嫌棄你做得唔夠好？

你繼續就範，佢唔會識珍惜你，反而會覺得你好好蝦，睇死你唔敢逆佢意，一直食住你，咁樣猶如主僕嘅愛情係唔會長久。你唔係扯線公仔，你有自己思想，唔應該受佢控制，做啲非自願、唔想做、覺得辛苦嘅事，唔鍾意做就應該拒絕、反抗到底。

佢係真心愛你就唔會想見到你咁辛苦，識得反省吓，主動為

有些愛 總要痛過才明白

咗你改。但如果你已經盡咗力，佢依舊屢勸不改、無動於衷，咁你就要早走早著。一段正常嘅關係應該要互相付出，只有一個人付出嘅唔係愛，係白癡。既然佢唔珍惜你，你都唔需要同佢糾纏落去，與其喺佢身上浪費青春，不如早日從呢段唔健康嘅關係中逃走出嚟吧。

- 對方威脅你同佢喺埋一齊

恐怖情人經常做出精神虐待、情緒勒索、身體暴力嘅行為，以圖控制另一半嘅自由，威脅自己同他人生命安全。佢哋最鍾意合理化自己嘅舉動，會話鬧你、管住你，因為佢愛你、關心你，承諾下次唔會再咁做。可惜你會發現所謂嘅承諾根本係笑話，佢下次、下下次、下下下次依然會咁做。佢咁講，唔係有心想改。佢只係想等你心軟再慢慢折磨你。你仲等佢改邪歸正啊？唔好再發夢喇，對人哋善良即係對自己殘忍。

我睇過一單新聞覺得好適合形容恐怖情人，有個外國人覺得一隻野生獅子係自己嘅朋友，所以唔理大家反對就開始同佢同居。嗰段時間佢對獅子好親切，畀嘢佢食、同佢玩、傾偈，好似

屋企人咁。但喺相裡面睇得出隻獅子眼神好似望住食物咁，仲有幾次想咬個外國人。最後外國人喺一次睡夢中，被獅子趁機咬死咗。呢個例子證明咗野性難馴、本性難移，一開始你努力過，佢又真係改到當然好，但假如多次唔成功，就一定要走。

我明，呢個人原本明明係你最深愛嘅人，突然間變到野獸咁樣係好難接受。愛一個人冇錯，但你都要睇吓佢值唔值得你愛。真正愛你嘅人係絕對唔會捨得傷害你，既然佢唔係你以前愛嘅嗰個人，你就要先保護自己，唔好再留戀，唔好再忍耐。

如果你已經下定決心想走，但佢用傷害自己嚟威脅你，唔畀你走？唔使理佢，佢傷害自己係佢自己嘅決定，唔關你事。你理佢，你一世都逃唔出佢嘅手指罅，一世都因為佢而影響到自己嘅人生。你擔心佢，想幫佢，你更加唔應該繼續留低，令佢愈踩愈深。相反你要狠心離開，最多你幫佢搵社工，甚至報警，咁佢先會救到自己。

　　　　　　　　有些愛 總要痛過才明白

- 合眼諗到嘅回憶只有傷心

我想你依家合埋眼，諗起另一半⋯⋯你第一秒會出現啲咩畫面？

佢願意同你搭咗好耐車，就係為咗食網民推介嘅餐廳？佢喺你好大壓力嗰陣攬住你，安慰你、支持你？佢突然間喺你公司樓下出現，接你收工畀驚喜你？

定係⋯⋯你因為佢某啲壞習慣，嘈咗好多次？佢唔知去咗邊，Call 極都冇人應，鍾意玩失蹤？你揭發佢扮單身，同好多人曖昧？你同佢分享自己啲嘢，佢一啲反應都冇，只係識撳電話？

如果你要透過回想以前僅餘嘅開心片段，安慰自己你哋曾經有過美好嘅日子，但其實大部分時間都充滿負面情緒，經常感到難過、委屈、緊張、寂寞、心痛，只敢獨自匿埋喊，咁樣已經代表佢嚴重影響緊你嘅心靈健康，你應該考慮脫離呢種生活，釋放自己。

或者你會以為分手等於盡頭，等於失去一切、好慘好可憐，所以假扮同佢仲係感情好好，呃自己過得好開心。但你咁做有咩意義？拍拖都係求開心，拍得唔開心，仲要扮幸福咁委屈，咁唔拍仲好啦。

　　人生已經好短，今日唔知聽日事，假如你唔好彩有咩意外，到時人生走馬燈就只會播住啲唔開心嘅回憶，咁就真心慘喇。你想時間返轉頭，生命重頭嚟過，已經冇可能。唔想人生枉過，喺有限嘅生命裡面，你應該勇敢去面對真正嘅自己，聽吓自己真實嘅心聲，做多啲令自己覺得快樂嘅事。去愛一個真心錫你，值得你愛嘅人，一齊創造未來。就算真係未搵到又如何，點都好過困喺幻想世界，令自己一直唔開心。

- 你對佢完全失去熱情

　　1. 當佢同異性朋友曖昧緊，你一啲都唔呷醋，咩反應都冇，一副無所謂嘅樣子。

　　2. 當你同佢企埋一齊，對佢嘅一切毫不好奇，亦唔想主動分

享自己嘅生活，講多兩句都冇咩耐性，心不在焉。兩個人無話可說，長期唔交流都有問題。

3. 當佢主動想拖住你、錫你，或者再進一步嘅關係，你只有厭倦嘅感覺，想推開佢。

4. 當你寧願返工、約朋友，都唔想同佢見面，嘗試躲避佢。相隔見面時間愈來愈長，見面時間愈來愈短。

5. 當佢發生意外時，你完全唔在意，其他人比起你仲緊張。

6. 當你幻想起未來藍圖，佢完全唔喺計劃當中，你唔再需要佢。

7. 你掛住第二個人多過掛住佢。

以上已經係好明顯嘅警號，感覺冇得呃人，你呃到人哋，呃唔到自己。如果你仲識嬲佢，證明佢喺你心目中都有啲地位，所以你先會咁介意。但如果你同佢相處時連呷醋、唔開心、嬲、失望嘅感覺都冇，只覺得佢同煩躁，代表你對佢冇晒佔有慾，佢喺你心目中毫無位置，你已經唔愛佢了。

或者你怕自己講分手會做咗衰人，所以先要夾硬喺埋一齊。你要知道，要搵個同自己 100% 完全適合嘅人係好難，所以人先要拍拖，睇吓大家夾唔夾到，唔夾就分手，搵第二個，咁係極之正常嘅行為，唔使覺得自己好仆街。

03
10 條終極分手小測試

　　如果你終於決定要分手，請你依家如實話畀另一半知道，畀佢同自己試做以下嘅小測試。你哋兩個搵個寧靜、無人騷擾嘅地方冷靜一下，嘗試回憶過去拍拖嘅各種細節，重新審視你同另一半嘅關係。

　　1. 你哋係幾時認識大家？點解會鍾意佢？

　　2. 佢嘅生日、鍾意同唔鍾意食嘅嘢係咩？

　　3. 你記唔記得拍拖以來最幸福嘅事係咩？

4. 你最鍾意佢送嘅邊份禮物？

5. 你最唔鍾意佢啲咩缺點？

6. 平時鬧交係邊個道歉先？

7. 你哋之間最大嘅矛盾係咩？

8. 你覺得自己同另一半邊度做得唔好？有咩可以改善？

9. 你以前出事時，佢靠唔靠得住？佢會拋低你自己一個處理，定係會同你一齊面對？

10.詳細咁解釋點解你哋一定要分手？分咗手你有咩想做？

可能你同佢只不過因為小事嘈咗一兩句；可能你覺得大家好難磨合，可能你對佢愈來愈淡，缺乏激情。假如你哋兩個做到最後，你發現自己只係衝口而出講分手，同時發現佢原來都有心想改善大家嘅關係，咁請你記住今日所答嘅答案，唔好放走咗唔應該放手嘅人。

每段關係點都會經歷熱戀期，但冇一段關係可以長期處於顛峰狀態，過咗熱戀期就到平淡期，好多感情問題會浮面。種瓜得瓜，種豆得豆，其實好多問題都係咎由自取。呢個時候要睇你哋有冇心去維繫，互相提點同遷就。如果你哋都有心，點解唔畀次機會大家去改？

唔好成日以為會有下一個更好，忽略關心自己嘅人，令佢哋失望、離開，其實佢仲心痛過你，當冇咗嘅時候就真係太遲。可能當時嘅自己會覺得自己瀟灑得起，但係最後，輸得最慘都係自己。

所有人事都未必會留喺你身邊一世，唔想後悔嘅話，好好珍惜現在。人海茫茫，能夠搵到相愛、值得愛嘅人真係好幸運，你要好好捉緊、珍惜佢，努力修補大家嘅關係。毋忘初心，諗返起

以前鍾意對方啲咩，一齊做返熱戀期做過嘅甜蜜小事，幫段感情保鮮，咁你同佢先可以一直幸福落去。

但假如你同佢攤完牌，覺得大家嘅分歧太嚴重，完全冇解決空間，冇可能喺埋一齊，咁你解脫了！

請你都一樣，記住今日所答嘅答案，往後做得更加好，搵個更加合適嘅伴侶。

有些愛 總要痛過才明白

分手需要更大勇氣

表白需要勇氣

我問了

我累了

不如說一句：我不愛了

要走的始終會走

不走的怎樣也不會走

能改變的就盡力改變

不能改變的就只好接受

拒絕回頭糾纏

最好瀟灑離開

笑不代表脆弱

愈眼得渠

心愈痛苦

分手後不要做朋友

對你對他都是最好選擇

Chapter 2 /

第二章節

分手方法

The Ways *of* Breaking Up

01

錯誤解決方法：二次傷害

除非另一半威脅到你或你身邊人、寵物嘅安危，掠奪緊你嘅財產，或者破壞你嘅名聲，令你逼於無奈要採用非一般嘅分手方法，如果唔係，分手時嘅態度、行為過激，對你同佢冇好處。到時盡搞到分唔到手，你哋都開始唔到新嘅戀情。

- 未講清楚就搞其他人

「佢從來冇同我提過分手兩個字，咁就同咗其他人一齊」—— Coco

Coco 同 Raymond 喺工作上認識，後來撻著咗變成情侶。近一個月，Coco 發現 Raymond 愈來愈唔想出街，慢慢連訊息都覆

少咗。佢知道 Raymond 係個好需要私人空間嘅人，怕自己煩到 Raymond，所以一直唔敢主動搵對方。連情人節，Raymond 話唔得閒同佢拍拖慶祝，佢都唔覺有問題，只係以為大家鬧緊交，冷戰緊。

有日 Coco 幾個朋友喺銅鑼灣見到 Raymond 同另一個女仔拖住手喺銅鑼灣行街，兩個人共飲一杯珍珠奶茶，好鬼 Sweet。Coco 個好姊妹 Sasa 即刻追上去問 Raymond 咩事，估唔到 Raymond 話已經一早同 Coco 分咗手，唔再係情侶關係。

「吓？分咗手？我從來冇聽 Coco 提過嘅？前幾日我同佢行街，佢仲話想買禮物嘅返你。」Sasa 追問。

「咁係佢仲妄想緊我哋一齊啫！唔好再煩我啦！」

Sasa 覺得事有蹺蹊，決定偷影呢幕咁震撼嘅畫面，問 Coco 佢哋之間發生咗咩事。Coco 望到張相，倒抽一口涼氣，唔敢相信眼前見到嘅係事實。佢 Send 訊息畀 Raymond 問個究竟，到呢一刻，佢仍然為咗 Raymond 著想，怕自己係唔係有咩誤會。

「你依家喺邊？」

「我依家咪喺銅鑼灣囉！」

「銅鑼灣？同邊個一齊？」

「我做咩要答你呢？」

「我知道你同第二個女仔一齊！我係你女朋友，點解你可以咁做？」

「吓，我哋分咗手啦，我以為你 Feel 到！」

Coco 以為自己聽錯，由此至終 Raymond 冇提出過分手，佢諗住 Raymond 只係想再要多啲私人空間，勢估唔到對方轉個頭就識咗新女，仲厚顏無恥到講大話去掩飾出軌行為。

冇講清楚要分手已經出事，你話唔係，你曾經暗示過想大家分開吓，咁就唔係真真正正講過「分手」兩隻字啦。你咁講，意

思即係兩個人唔好聯絡大家住，係暫時性嘅，同你想結束情侶關係係兩回事。你都話唔係，你講過分手，不過係講吓笑咁、玩玩吓嘅語氣，唔係認真咁講，好難怪對方唔明。

喺未講清楚嘅情況下，你有啦啦開始一段新關係，識咗第二個，諗住另一半可以醒水退出仲大件事。既然你冇同另一半講清楚，即係你依然係有男朋友／女朋友嘅人啦，咁做係叫出軌。出軌在先，就唔應該講大話，話自己一早分咗手。難為對方乜都唔知，就咁被你飛咗，仲戴埋綠帽，傷上加傷啊陰功。

- 無聲無息地消失

「我打極電話佢都冇應機！好擔心佢有咩事」—— Alton

Alton 同 Zoie 一齊咗 4 年，不嬲好似糖黐豆咁，成日喺朋友面前又攬又錫。上星期佢哋兩個先同朋友去咗西貢啲小島露營，一個負責紮營；一個負責紮天幕；一個負責煮，一個負責切嘢好有默契，當時朋友都話佢哋閃親大家，問佢哋幾時拉埋天窗。Alton 笑住咁話：「到時擺酒實通知你啦！」Zoie 喺隔籬笑笑口，

冇咩異樣。

直到前幾日，Alton 開始聯絡唔到 Zoie，無論從邊個通訊 App Send 出去嘅訊息，結果都係已讀不回，打極電話都飛咗去留言信箱，最後仲被 Zoie Block 埋。佢試過喺 Zoie 公司樓下等收工，但一直等唔到人。佢好驚 Zoie 出咗咩意外，好彩見到 Zoie 啲同事，佢哋話 Zoie 冇嘢，日日都有照常返工，只不過係轉咗去後門走人。佢唔明點解 Zoie 要特登避開佢，逼於無奈之下決定打畀 Zioe 媽媽問清楚。

「喂？伯母啊，係我 Alton 啊。」

「咩事？」

「Zoie 呢幾日冇覆我機，又避開我，佢係咪發生咗咩事？我好擔心佢。」

「冇事好正常。」

　　　　　　　　　　　　　有些愛 總要痛過才明白

「咁點解佢要咁做？」

「乜你咁蠢㗎！佢擺明唔鍾意你啦，仲煩住佢做乜㗎！」

都未講完，Zoie 媽媽就收咗線。就係咁，Alton 喺唔知頭唔知路嘅情況下被飛，搞到佢以後都唔太敢再識女仔，好怕再受傷害。

或者你唔想由自己提出分手二字，怕自己做咗衰人；又可能你覺得對方真係好好人，好驚傷到對方心，所以死都唔講。問題係你唔主動搵人講清楚，不明不白，人哋點 Get 到你要分手？佢係你男朋友／女朋友啫，唔係你肚裡面條蟲，唔係你個心諗咩都會估到。係咁勁，人就唔使識講嘢，個個都係讀心神探，靠估咪得。你冇口㗎？個口生出嚟唔係講嘢，係放屁㗎？

或者你唔肯明確講分手係想界後路自己，萬一新對象唔適合你，到時又可以搵返佢呢個後備。你咁做咪衰囉，只係顧住自己感受，完全唔為人哋諗吓，唔鍾意仲想控制住佢，逼佢留喺你身邊，完全踐踏緊佢嘅尊嚴。

或者你覺得唔講分手係最快結束段關係嘅方法，能夠從此喺佢嘅世界度消失，就諗咪錯囉！第一，咁做只顯示出你係個冇交帶、冇責任心嘅人，佢對你更加不滿，更加會將你放喺心裡面憎恨。第二，你冇講過「分手」兩個字，佢一日都唔知個「死因」係咩，難狠心放低段感情，甚至可能一直諗自己有咩問題，一直等你返嚟，喺愛情路上困住咗，走唔到出嚟。第三，呢個方法風險極高，咩都唔交代就莫名其妙唔見咗人，邊個知你去邊，做緊乜？完全聯絡唔到，猶如人間蒸發，正常人第一時間都會怕你失咗蹤，遇到咩意外啦。到時搞到報警、喺討論區同社交平台出帖文尋人，浪費大量人力物力，搞到個個擔心你，咁又有咩意義。想分手應該直接啲、開心見誠咁講清楚，咁先係對佢嘅應有尊重。

- 亂講侮辱說話

「原來佢係咁諗我，我係咁乞人憎⋯⋯」—— Ruby

Keith 返藍領，對住啲麻甩佬唔使咁有禮貌，講嘢慣咗夾雜粗口，問候人哋屋企人係家常便飯。Ruby 叫過 Keith 改吓，但冇用，慣咗，改都改唔到。

　　　　　　　有些愛 總要痛過才明白

拍拖 9 個月，佢哋兩個感情都幾穩定，Ruby 決定帶 Keith 去見家長。兩老一見到 Keith 黑黑實實嘅外形，就問佢返咩工，Keith 如實回答，兩老眉頭一皺，就冇再講啲咩。之後食飯 Ruby 父母都冇理過 Keith，一味只係同 Ruby 講嘢、夾餸。Ruby 見 Keith 明顯被無視，佢特登冇幫口講吓 Keith 平時幾照顧自己，不過兩老都扮聽唔到，一係低頭食飯，一係對眼望住電視機。Keith 終於反擊：「X！食得唔安落，我走先！」放低碗筷，開門走咗。

　　Ruby 追咗出去，哄咗一輪先安撫到。可惜自嗰晚起，佢父母極度憎恨 Keith，所以佢都唔敢畀雙方再見面。好死唔死，Keith 個地盤就喺兩老任教間學校隔籬，施工期成年半。Ruby 為咗雙方唔好撞到，佢要求 Keith 避開兩老……唔好喺附近食飯，見到背面要即刻匿埋……真係委屈過頭。

　　直到某日 Keith 忍唔住提出分手：「X 你老味！我忍唔 X 到喇！你癲我唔想陪你一齊癲。」Ruby 係咁講對唔住，叫 Keith 只要忍埋半個月就得。Keith 唔想再忍，覺得再講落去冇咩意思，決定鬧走 Ruby：「唉你咪 X 再煩住晒喇，分手啦！你成家以為好巴閉？個女咪又要畀我搞，做我嘅免費私家雞。望到你前面就憎你

後面啦，我 X 你係因為我未睇中其他女，搵你嚟攝時間。其他男人見到你除衫都即刻陽痿啦，好心你有自知之明，收埋自己，唔好再出嚟獻世！」

Keith 冇停過口咁一直鬧 Ruby，Ruby 不斷喊。自此之後，佢哋兩個冇再見面，Ruby 反省咗好耐，佢唔知原來自己咁乞人憎。佢一直自暴自棄，群咗班 MK 仔，聽講好似話落咗兩次仔，依家拎緊綜緩。

邊條友諗到侮辱另一半，令佢憎自己，之後再分手呢條橋？想分手咪正正常常咁講個原因出嚟囉，佢唔聽係佢嘅事，你講完可以功成身退，唔理佢。但如果佢唔聽，你衝口而出，冇諗後果，淨係想鬧走佢，逼走佢，咁就有問題。

邊個知你衝動講出嚟嘅侮辱說話係真心定假話？心靈強壯啲，聽到曾經愛過嘅人咁樣數落自己，點都會有啲唔開心啦，試問心靈冇咁強壯嘅人聽到會點諗？分手已經唔開心，仲要被你鬧，更加傷上加傷。佢會覺得自己冇用、廢、唔值得被愛，否定自己嘅價值，自尊心低落。如果佢冇同人傾傹，選擇自己匿埋，

有些愛 總要痛過才明白

唔肯見人，抒發唔到情緒，諗埋一邊，好有可能會屈到有情緒病。當佢有情緒病，更有可能影響到佢嘅人際關係、工作，嚴重嘅係會去自殘，甚至做傻事，我想問你呢世過唔過意得去。傷害自己係其中一個後果，當你刻意刺激佢情緒，佢對你愈來愈不滿、怨恨，分分鐘向你做出報復行為，悲劇收場。

- 網上大爆對方私事或抹黑對方

「每日都有人打電話畀我，我就嚟癲」── Phoebe

Phoebe 就快跟隨屋企人移民美國，Terry 問：「點解你唔肯為咗我留喺香港？」家人同戀人，Phoebe 毫無疑問揀咗前者，但 Terry 堅持要佢留喺香港，否則分手：「既然你死都唔肯留低，咁我哋一齊都冇意思。」

臨去英國前一個月，Phoebe 收到好多朋友嘅訊息。啲朋友唔係話掛住佢，叫佢一路順風，而係叫佢睇吓討論區。Phoebe 打開討論區個網頁，發現熱門有個帖文用佢個名做題「臭雞 Phoebe 周圍食洋腸」，裡面有佢同 Terry 嘅訊息內容，仲有佢 I 豬嘅自拍，

連佢咩名、電話號碼、喺邊度讀過書呢啲咁私隱嘅資料都一清二楚。樓主將 Phoebe 以前實習同外國男同事嘅相擺晒出嚟，屈佢食外國団団；又將佢同 Terry 嘅對話內容 Cut 前 Cut 後，一忽忽，令人感覺 Phoebe 背住 Terry 出軌，移情別戀，所以先會想分手。

網民唔知實情，亦唔認識 Phoebe 本人，一見到「臭雞」、「港女」、「洋腸」幾個 Keywords，就先入為主覺得 Phoebe 賤格：「港女係咁㗎啦！」、「戥個男仔慘」等等，冇人深究係唔係私怨J喺度借刀，陷害 Phoebe，總之有花生就食，有相就正皮，有人鬧就和議。

Phoebe 唔敢再睇討論區啲留言，每日都有人打電話畀佢鬧佢，凌晨都試過，嚇到佢晚晚發噩夢，瞓唔到，出街好驚被人跟蹤，成個人神神化化。後來佢從朋友口中先知，個樓主正正係 Terry。

如果另一半傷害到你，你可以公開證據去提醒其他人同埋報警。如果對方做咗啲好乞你憎，或者你接受唔到嘅事，令你由愛佢變成恨佢，你有權如實公開件事。但你喺未經對方同意下，將

佢未公開披露過嘅個人資料擺上網，加鹽加醋抹黑佢。一來，你放佢個人資料上網，有機會違反《個人資料（私隱）條例》；二來，你咁做嗰吓可能好爽，覺得終於跣到佢一鑊金，但係任何資料一旦被放網上都會快速而廣泛流傳，點樣刪除亦會留下痕跡，你咁屈佢唔只會影響佢依家嘅生活、工作，仲有機會摧毀佢前途，逼到佢走上絕路。而且喺網上公開講編作虛假事情，企圖毀人名聲，你有機會違反第 21 章《誹謗條例》，係刑事罪行，一旦罪成最高刑罰會被判決監禁。

其實拍拖同家庭從來都只係雙方嘅事，點解下下都要放上網？點解連呢啲嘢都要畀人公審去搵自身嘅存在感？到底有幾小家，幾唔成熟嘅人先會咁做？再者講到底，大家亦曾經相愛過，點解要畀機會網友留言去踐踏你哋嘅愛情故事？ 放過人，即係放過自己，為咗佢去做咁嘅事，盡搞到自己 Cheap 咗，損人不利己，唔值得啊。

- 要求佢即時搬走同居嘅家

「一時間我點搵到地方搬……」—— Ivy

成日聽人講結婚前一定要試吓同居，因為咁樣先可以將對方裡裡外外睇清楚，睇吓自己同佢夾唔夾得嚟，可唔可以長期共同生活。好似 Ivy 同 Ricky 一早就搬咗出嚟住，租緊新界村屋其中一層單位。相見好，同住難，有潔癖、好鍾意整齊嘅 Ivy 其實唔係好頂得順 Ricky。

Ricky 以前喺屋企唔使做家務，因為全部都被阿媽、家姐包辦晒。依家 Ricky 已經唔再同屋企人住，雖然學識咗洗衫、拖地、洗碗，自動自覺幫 Ivy 手，不過有啲習慣依然未改到……好似嘢食包裝亂咁揼、食淨嘅杯麵就咁放喺茶几、花生跌到成地都係，執都唔執。

啱啱同居嗰幾個月，Ivy 會默默幫手清潔，順便提吓 Ricky 做漏咗啲咩。後來佢會一邊執，一邊自言自語鬧 Ricky。近排佢愈來愈唔想再幫 Ricky 做，次次見到有咩唔滿意都會講出口：「有冇

有些愛 總要痛過才明白

搞錯啊，又係咁，講過幾多次，垃圾要放落垃圾桶？」、「都唔知點解我會同你一齊住，咁污糟」每次，Ricky 聽到就會即刻執返好，盡量做得好啲。

可惜 Ivy 太嚴格，佢唔只潔癖，仲有少少強逼症，一見到啲擺設移咗過右邊少少就會話 Ricky，佢哋兩個經常嘈交，鄰居拍門投訴咗幾次，叫佢哋細聲啲。有日佢哋又鬧交，Ricky 拍抬鬧 Ivy：「你知唔知好煩啊！我唔小心啫，使唔使鬧到咁啊？！」Ivy 不甘示弱，同 Ricky 硬碰。之後 Ricky 竟然入房，將 Ivy 啲衫拎晒出嚟，裝落行李箱度，要佢即刻搬走：「我忍過，但真係忍你唔到，你快啲走！」Ricky 不斷推 Ivy 同行李箱出門口，Ivy 太細力，完全抗衡唔到。就咁，Ivy 一夜之間人又冇，屋又冇⋯⋯冇屋企返嘅佢都唔知點算。去酒店瞓？佢份糧得雞水咁多，以前就話同 Ricky 攤分租金，依家咁住法，搣搣吓好快冇得淨。

其實你兩個都有份畀間屋嘅租金，點解你哋鬧交講分手，佢要搬，你唔使搬咁唔公平？就算你計好數，還埋嗰半份租金畀佢都唔係咁好啦。好似返工咁，你明明好鍾意份工，冇啦啦公司畀遣散費話要炒你，你點都會打咗個突，唔知點算，更何況你同佢

唔係主僕關係，而係曾經相愛過嘅情侶關係。究竟感情係咪真係差到要咁冇人情味，畀少少時間佢搵地方搬都唔得？當然，你都唔好畀佢賴死唔走，分咗手又繼續同居會畀咗個假象佢，以為佢唔算係真正失去你。而且你哋繼續一齊住，大家嘅生活依然影響緊彼此，點都會唔自在。

- 還返晒所有禮物畀佢

「其實呢啲嘢我送咗畀佢，冇諗住收返」── Leon

中學嘅愛情大部分都係短暫而帶點苦澀味⋯⋯

Leon 同 Sandy 同屬係風紀隊長，佢哋兩個放學經常留低一齊開會、傾活動。Sandy 聰明、讀書勤力，係細粒可愛類型，完全中晒 Leon 心目中理想對象嘅條件。為咗追 Sandy，佢成日扮晒出嚟傾啲嘢，約 Sandy 去街。其實傾嘢係假，媾女先係真，佢次次都帶 Sandy 夾公仔，唦到人哋肯做佢女朋友。

佢係個細心嘅男仔，每到紀念日都會自製禮物畀 Sandy，摺

有些愛 總要痛過才明白

過 99 支玫瑰、整過可以彈出嚟嗰啲心意卡，試過上網訂情侶帽、情侶 T-shirt、情侶電話殼。佢又試過同 Sandy 去報堂，整情侶戒指、情侶手鈪，恨不得身試所有嘢都換晒一對對，話畀全世界聽 Sandy 係佢女朋友。

可惜愛情嚟得快，去得快，因為一啲小原因佢哋分咗手。事後 Leon 收到 Sandy 一大個紙皮箱，裡面原來裝晒拍拖咁耐以嚟 Leon 送過嘅禮物，公仔、手作嘢、情侶系列嘅物品都還返晒畀佢。

可能你唔想見到，怕睇到會諗起你哋相愛嘅片段，會唔開心、唔捨得，好想快啲忘記佢；可能你覺得分咗手仲保留佢送嘅禮物，好似有咩意思，對現任又唔係幾好，好想快啲劃清界線，一筆勾銷；可能佢花咗好多錢去買嗰啲禮物，你覺得唔好意思繼續用，怕佢以為你貪心；可能你純粹想激吓佢。

睇開啲啦，你唔使咁計較呢啲事，好似同事送禮物畀你咁，唔通你辭咗職，就將禮物還返晒畀同事咁奇怪咩，你咁做人哋實以為你憎佢，想絕交。由此可見，將另一半送畀你嘅嘢，還返畀佢呢個行為冇咩禮貌，而且對佢係非常具侮辱性，好大機會會因

為咁而對你恨之入骨。

送咗界你就係你嘅嘢，正常人都唔會諗住收返，會收嘅唔叫「送」，係叫做「借」界你。你出於尊重，應該自己諗吓點處理，可以選擇收埋或者揼晒啲嘢。如果你真係好介意，可能送返相同價值嘅禮物界佢，當係冇拖冇欠。除非佢人品好差，好小器，你好驚佢唱衰你，咁你先好還界佢，免得再同佢扯上關係。

- 將拍拖活動量化叫佢還返錢

「佢竟然拎張單出嚟同我計」──Kristy

Kristy 嘅男朋友 Dustin 出身於小康之家，屋企人做公務員。由於生活環境唔錯，父母有界零用錢，Dustin 唔使好似其他同學咁，要一邊返學，一邊返 Part time 賺錢。雖然 Dustin 冇經濟上嘅壓力，不過份人好精打細算，好多嘢格過價先會買，有儲單嘅習慣，仲會有本簿仔寫住收入、支出，好有條理。

但係一個人有優點就一定有缺點，唔知應該話 Dustin 太慳定

太孤寒，每次出嚟拍拖，Kristy 只可以揀食麥當當或者潭仔。其實 Kristy 好好，佢冇介意過，佢話食咩都好，只要同 Dustin 食就得，冇所謂。Dustin 都唔係咁衰嘅，有時紀念日會食貴少少，帶佢去餐廳食晚餐，一人 200 蚊內都 OK，亦會送吓手袋仔（環保袋）、相機（鎖匙扣）、Apple（Pie）。

可惜呢對慳家情侶最終都係行唔到去最後，Dustin 鍾意咗個女企業家姐姐，年紀相距 7 年，Kristy 無謂阻住佢哋，決定退出，成全佢哋。Kristy 係咁好咋喎，Dustin 唔係喎，以為佢慳家啫，原來佢係鐸叔！分手之後幾日，Dustin 居然 Send 咗十幾張相，上面列咗自己送過幾多樣禮物，咩價錢，要求 Kristy Payme 返界佢。

喂你係咪咁啊，問人拎返錢，你都好意思喎，臉皮幾十寸厚？唔係得你，對方都有送禮物畀你，係唔係都要計？感情上大家都有付出，如果佢愛你多啲，你分咗手可唔可以畀返啲愛佢？Come on，大個喇，成熟啲啦。送禮物係表達自己心思嘅形式，為對方使嘅錢都係相愛嘅回憶，冇得咁樣量化。過咗去嘅感情就由得佢過去啦，咁執著、咁計較，做人會好辛苦。你係咁介意，

一開始就唔應該拍拖，因為拍得拖就要學識互相付出。

不過凡事有例外，第一，佢問你借過錢；第二，你以為大家會結婚，送過啲好有意義嘅物件畀佢，如家傳之寶、嫁妝；第三，當時佢強逼你畀錢、買嘢送畀佢；第四，你同佢有先講好條件，佢應承你會做某件事，所以你先肯送禮物或畀錢。如果係呢4個情況其中之一，咁得，你可以同佢拗。

- 掟煲唔掟蓋最賤格

「佢根本唔想離開我」—— Janice

Janice 嘅初戀就係 Kenny，佢全心全意為對方付出，擺咗好多心思喺呢段關係度。Kenny 話一，佢唔會話二，總之 Kenny 叫佢做咩，佢都會做。佢知道 Kenny 對性有好大需求，唔只畀咗隻「豬」人，仲特登成日去性玩具店度買新嘢同 Kenny 玩。雖然佢真係好怕醜，對性又唔熱衷，唔係好享受搞嘢嘅過程，但佢會努力配合 Kenny，扮到好舒服咁。

「10 個男人 9 個滾，仲有一個諗緊」Kenny 就係嗰 9 個男人其中一個。女朋友 Janice 怕怕醜醜、得得意意、聽聽話話，堪稱完美女朋友，不過 Kenny 依然唔定性，喺公司亂搞男女關係。冇幾耐之前，Kenny 喺酒會上遇到一個比 Janice 更性感，更開放嘅 Gloria，兩個喺床上夾到不得了，成日約出嚟開房。

近排 Gloria 開始唔肯出嚟，要求要同 Kenny 做男女朋友，如果唔係就以後都唔再搞嘢。Kenny 好糾結，Janice 就聽晒自己話，但喺性上面滿足唔到；Gloria 就係女強人，好有主見，但喺一除咗衫就如狼似虎，勁主動，次次都可以大戰 300 回合。

「我哋分手啦！」

「點解啊？係咪我有咩做得唔夠好？」

「你好好，係我衰咗！」

最後 Kenny 同咗 Janice 講分手，不過講咗好似冇講咁，佢哋傾偈係比以前少咗好多，但一日至少會講到幾句。Janice

見 Kenny 仲有覆自己，佢好開心，覺得大家仍然有彎轉。有時 Kenny 話喺屋企做嘢忙，叫 Janice 幫手買外賣，佢都會即刻買上去，之後一齊睇電視，好似普通情侶。與此同時，Kenny 正式同 Gloria 拍拖，放工會約食飯、睇戲，又係好似普通情侶咁。佢哋 3 個嘅關係亂到……相信當事人都唔係咁清楚。

有咩原因會導致掟煲唔掟蓋，拖泥帶水？一係你覺得對方對自己好好，唔捨得就咁放走佢，咁你就唔好諗分手，繼續同佢一齊啦。一係你心軟，明明覺得大家唔夾，但硬係忍唔到手覆佢訊息、聽佢電話，搞到分極都分唔到。咁做完全浪費大家時間，講完分手就好逼自己狠心啲，否則佢會覺得大家仲有機會。一係你想搵佢攝時間，呢種最賤格，踐踏人哋嘅心機、嘥人哋時間、浪費人哋青春。係唔再愛，係想分手就唔該狠心啲，唔好再同佢聯絡。你分手分得唔夠灑脫，繼續理佢，如常見面，雙方藕斷絲連，仍保持親密關係，佢係唔會知大家原來已經分手。

有些愛 總要痛過才明白

- 喺特別節日講分手

「每年呢日，我都唔想見人」—— Benjamin

又係一年聖誕節，兼 Benjamin 嘅 28 歲生日，佢一早 Book 咗小島酒店嘅自助晚餐連住宿，諗住同女朋友 Bobo 食餐好嘅，歡度佳節，順便幫自己慶生。

Benjamin 早啲收工，佢坐咗喺酒店大堂撳電話等 Bobo 嚟。時間一秒、一秒咁過，佢睇睇手錶先發現原來自己已經等咗 Bobo 2 個半鐘。本來佢諗住問吓 Bobo 喺邊，訊息都未打完，Bobo 就著住 T-shirt、牛仔褲嚟，個頭亂到飛起。

「咦，平時過節你都會著連身裙戰鬥格嚟喎，今日做咩冇嘅？」

「冇咪冇囉，唔得？」

佢聽到 Bobo 咁講，即刻笑笑口咁話「得～」，之後就帶 Bobo 入座。

成餐飯，Benjamin 同 Bobo 講咩，Bobo 都只係應「哦～」、「係咩」、「係啊」，對佢非常冷淡。初初佢以為 Bobo 有咩事唔開心，話早啲上房休息，點知 Bobo 忽然提出分手。佢一時間反應唔切，呆咗咁企喺度，望住 Bobo 慢慢消失喺自己眼前。

嗰晚佢叫咗好多支酒，因為短時間飲酒過量，暈咗喺房，最後由職員發現，Call 救護車入醫院。自從嗰年之後，每逢聖誕節，佢都會匿埋喺屋企，邊個約佢，佢都唔肯出嚟。

喺節日、生日分手真係夠賤，簡直係最乞人憎嘅分手方法。第一，佢已經期待咗呢日好耐，諗埋同你去邊度慶祝，點知你就揀正呢日嚟分手，令佢由天堂跌落地獄。第二，分手已經慘，諗住可以忘記你啦，每年去到嗰日都會勾返起同你分手嘅慘痛回憶，唉，真係好過分。其實佢係唔係你殺父仇人？你咁做想佢永遠記住你定係點？睇唔透。一年有 365 日，日日都可以揀，係要揀啲特別日子，你個心理可能有啲問題。

02

較佳解決方法：保持風度

「合則來，不合則去」，如果你好肯定想同佢分手，咁跟住落嚟唔係拍拍屁股走咗去，而係要清楚、明確咁話畀對方知你想點。既然講分手對佢已經係個傷害，之後你要諗喺咩時間、用咩方法去結束呢段關係，點樣將傷害減低，減少「後遺症」，希望達到和平分手嘅效果。

- 對佢慢慢變淡

講又講過，改又改過，你都係覺得另一半唔適合你嘅話⋯⋯唔使咁心急，即刻搵佢講分手。可能你同佢前晚仲傾緊電話，噚晚一齊食飯，今日就講分手，呢個轉變實在太大，相信佢會晴天

霹靂，極難接受。想分手都要畀時間佢適應，慢慢從佢嘅世界中淡出。你要減少投放喺佢身上嘅感情先，以工作忙碌做暫時藉口，少啲關心佢、照顧佢，拉遠返大家嘅距離。例如以前日日瞓覺前都要傾電話，之後減到隔日一次、一星期一次。例如以前佢搵你，你即刻秒回，之後變成 15 分鐘後先覆、一個鐘後先覆。

咁要淡出到幾時先講分手？你唔好拖到成個幾兩個月都唔講喎，咁就變咗拖泥帶水，折磨緊佢。當佢冇成日搵你，習慣咗大家唔傾偈、唔見面，已經唔再依賴你嘅時候，你就可以同佢講有好重要、好正經嘅嘢想同佢講，正式提出分手。

- 透過電話或真人清晰表明分手立場

決定分手時機之後，你就要清楚咁向對方表明你想分手嘅意願。如果你知道佢性格火爆，怕佢一聽到你講分手，會喺街度歇斯底里咁大鬧、大喊或大叫，故意引起途人目光，半求半逼你一齊返，咁你可以選擇用傳訊息或傾電話嘅方法同佢講分手，避免呢個情況發生，安全啲。又或者你同佢已經傾過好多次大家之間有咩問題，知道大家一樣有想分開嘅想法，咁你可以直接喺電話

裡面交代。

就算透過電話分手都唔可以馬虎，就咁話「我哋分手啦」一句就完咁求其。首先要明確咁提及「分手」二字，之後要解釋點解你想分手，大家之間出現咗咩問題，你亦要承認自己有錯誤。講完唔好咁快唔理佢，要等佢回覆你，你再解答，傾好晒先完成。

不過其實透過電話講分手點都唔係最好做法，因為透過文字好易詞不達意，難以傳遞到真正嘅想法畀對方知。而且文字睇落冷冰冰，睇唔到對方嘅表情，聽唔到對方嘅語氣，好容易產生誤解。唔好怕尷尬，最好、最尊重對方嘅方法始終係面對面咁溝通，你講完分手，佢即時畀反應、回答，或者問你問題，一來一回，件事有效率好多。無論對方有咩反應都好，當你講完分手就請狠心離開，唔好心軟。當然假如佢睇唔開，你都要阻止佢，搵人幫手啦。

- 態度要冷靜誠懇溫和

分手時要講啲咩都要注意，有好多人都犯咗兩個錯誤。第

一，求其搵個分手藉口，等佢聽落舒服啲，易啲接受，例如最多人講呢句：「我想冷靜吓。」問題係冷靜到幾時？想分咪直接講，如果佢一直等你，希望等到你回心轉意咁點算？又例如「我想專心事業／學業。」，嘩幾假啊呢個理由。唔排除 10 個有一個係講堅嘅，但有 9 個都係老作出嚟。你咁講，一陣佢話肯畀足時間同空間你發展事業／學業，死都唔肯分手，到時你又會作咩大話，一個大話冚住一個大話呢？誠實啲、果斷啲咁講分手呢兩隻字，等到佢死心仲好啦

第二，覺得橫掂都要分開，不如去盡啲，好激動咁鬧佢、攻擊佢，話佢呢度唔啱，嗰度唔啱，將分手嘅責任歸咎喺佢身上：「因為你⋯⋯所以我先想分手」。

一隻手掌打唔響，兩個人有感情問題，一定唔會係得一個人嘅責任。停止傷害對方，用冷靜、誠實、溫和嘅語氣同態度去講導致大家分手嘅最大原因：「我哋成日鬧交，得唔到共識，兩個都唔開心」、「我哋努力過，但係性格始終夾唔到」，將問題擴大嚟睇，坦白承認自己都有錯，最後多謝佢曾經為你帶嚟美好嘅回憶，曾經令你有開心、幸福嘅感覺。咁佢聽到嗰陣冇咁痛，知道

你有喺佢角度諗佢嘅感受。

- 應喺安全地方提分手 搵朋友陪同

好多人以為講分手要喺寧靜、一個人都冇嘅地方，例如海傍、山上、屋企，等大家可以冷靜落嚟。但當你揀咗呢啲地方，你等同將自己推向懸崖嘅邊緣，送自己一程。你試諗吓，一旦佢情緒激動，諗埋一邊，你情況非常不利。喺海傍，佢可以推你落海；喺山上，佢可以推你落山；喺屋企，佢做咩都冇人知，冇人救到你。

咁但係你又唔好咁極端，去啲勁嘈嘅地方，如卡啦 OK 場、Club、演唱會，到時你講咩佢都聽唔到，仲點傾落去。應該搵一個有人、仲有閉路電視嘅地方，咁對你都有保障啦。如果有需要，可以搵一、兩位性格比較強勢嘅同性朋友或家人陪你。佢哋唔需要搭嗲，叫佢哋安安靜靜咁坐喺後一張枱 Stand by 就得，有咩事可以即刻幫到你，諒對方都唔敢對你做啲咩。記得千祈唔好搵異性朋友，未講分手就咁樣，一陣佢實誤會你一腳踏兩船，唱衰你。

想對付恐怖情人又可以點？

喺電話講完分手之後，返工、放工，去邊度都盡量搵幾個朋友陪你，唔好畀自己孤獨一個喺條街度行。平時盡早喺天未黑就返到屋企，喺屋企樓門裝鏡頭（記得要貼住「錄影中」嘅告示，否則有機會犯私隱條例）。

咁做未必能夠完全逃離佢嘅魔掌，不過可以降低被跟蹤、傷害嘅機會。有咩事，唔好猶豫，第一時間報案先。

有些愛 總要痛過才明白

從前你的世界只有他

現在你一放手就擁有全世界

你覺得他好

是因為你未遇到更好的

最好的放下是不再騷擾

不離開不愛你的人

你永遠得不到真正愛你的人

從分手那刻起

他的一切再與你無關

你要明白

誰也無資格操控你的生命

不要再逞強

不要再自己一人承受

愛一個人很易

忘記一個人很難

所以請給時間自己忘記

Chapter 3 /

第三章節

面對分手嘅
正確心態

The Right Way *to* Face a Break Up

01
接受現實 慢慢釋懷

　　唔理你係講分手嗰個，定係被分手嗰個，唔同人面對分手有唔同反應，最簡單會分咗兩類人：第一類，一開始好難受，接受唔到，以淚洗面，匿埋喺屋企唔想見人。後來慢慢打開心扉，同朋友、屋企人見面，負面情緒消失，建立新生活。第二類，啱啱分手後會覺得鬆咗一口氣，終於唔使再被人管，做咩都得，即刻搵朋友慶祝。但當屋企得返自己一個，或者望到同對方嘅合照、對方留低嘅禮物就會諗起以前拍拖嘅時光，愈來愈傷心，好似做咩都諗起佢咁。

　　第一類人嘅反應當然最好，自己識調節心情，最後走出陰霾，咁第二類人可以做咩去令自己好過啲，從而變成獨立自主，

　　　　　　　　　　有些愛 總要痛過才明白

重新做人？

- 要畀自己空間同時間發洩情緒

有人分咗手會如常咁返學、返工、睇電視，甚至同朋友有講有笑，好似咩事都冇發生過咁。但當得返自己一個沖涼、瞓覺時往往會亂咁諗嘢，喊到崩潰。咁當然，有啲日常工作梗係要如常進行啦，例如返學、返工等，費事分咗手就離開崗位，唔做嘢，影響到其他人嘛。至於喺家人、朋友，或者其他人面前夾硬展示到好開心，係因為你唔想佢哋擔心你，明白嘅。

不過要記住，千祈唔好因為擔心自己少少嘢都接受唔到，覺得會好失敗，結果不斷壓抑自己嘅情緒。你愈逼自己唔好喊，你愈難平復唔開心嘅情緒，愈需要更長時間去修復。谷埋谷埋，終有一日會頂唔順，情緒崩潰，好似氣球咁爆開。人心肉造，同一個曾經對自己咁重要嘅人分開，你有難過、心痛、寢食難安、流眼淚嘅感覺係非常正常。平時睇卡通片會喊、屋企人病咗會喊、發噩夢會喊，更何況係分手呢。喊唔代表你係一個弱者，人就係要透過流眼淚先可以抒發情緒，減低壓力，令意識更加清醒。喊

到咁上下，想發洩，可以去唱 K、玩過山車，盡情唱、盡情叫，釋放所有負面情緒。

同時亦要記住，唔好呃自己「冇嘢喎！冇事嘅……」，強行忘記傷痛，忘記前度。依家冇人要你忘記，冇人逼你盡快釋懷，搵過第二個。如果你真係仲好掛住對方，咁你繼續掛住啦，你要畀時間自己接受現實。冇人知道要幾耐時間，可能一個星期，可能一個月，可能一年，去到某個日子，你唔會再介懷呢段感情，到時你就會真真正正咁走出嚟。

- 切勿陷入受害者心態

雖然有負面情緒係正常，但過度負面就有問題。有啲人分咗手就將自己放喺受害者嘅位置，自以為係全世界最慘嘅人，唔明點解自己付出咗咁多，到頭嚟乜嘢都冇晒；埋怨前度辜負自己，認為有今日嘅局面都係佢所害，係佢嘅錯；仲會日日講到分手好慘，有意無意咁暗示係對方問題而分手，希望博人同情，求留言安慰。

首先你唔好忽視自身問題，將所有錯都推去對方身上。你都要承認自己有部分責任，可能經常發佢脾氣，可能唔鍾意道歉，可能冇嘗試為佢改過。喺一段感情上，兩個都有責任去維繫，你要勇於接受現實先會變得更加好，而唔係更加衰，否則你遇到下一個人依然會有同一樣結果。

分手唔係一件絕對唔好嘅事，因為係拍拖嘅過程大家都喺度互相學習，變得更好。所以你唔需要鑽牛角尖，諗到自己情路好坎坷，好似分咗手咩都冇。你依家只係冇咗佢一個人，但你一樣可以如常生活，甚至生活得更加好。毋須被受害心態困住自己，你嘅能力比你想像中大，更加厲害。

「施比受，更有福」，要人愛你不如先學習點去愛人，主動成為一個義工，幫助呢個社會有需要嘅長者同弱能人士，鍾意小動物嘅可以做動物機構義工。即使你同佢哋只係傾吓偈、玩遊戲，佢哋都會好開心、好感恩，可能會為你帶來一啲啟發。

- 拒絕翻睇從前片段

好多人分咗手唔習慣冇咗對方喺身邊嘅感覺，會忍唔住係咁睇以前嘅相、對話紀錄、心意卡，一邊睇一邊喊。一開始睇完，你會可能做咩都好唔開心，冇晒心機，後來愈來愈唔捨得，諗起前度嘅好，質疑自己有冇做錯，產生愧疚、遺憾嘅感覺。

係～冇人逼你忘記傷痛，盡快釋懷，但你都唔好再睇以前啲嘢去折磨自己，令到自己更加唔開心同痛苦，更難抽離呢段感情啦。對方已經向前看，唔會再返嚟你身邊，只有你依然企喺原地，固步自封，甚至返到過去，將自己困喺以前嘅回憶，咁有咩意義呢？請你控制住自己唔好再回帶、回帶又回帶，咁先可以投入新生活。

- 要搵合適對象傾訴

分手之後要畀私人時間同空間自己靜吓、抒發情緒我明，不過唔好完全困住自己，一個人消化咁多負能量，朋友同屋企人可能幫到你。同佢哋傾吓偈，大吐苦水，係一種不經意釋放情緒嘅

好方法。有佢哋陪住你、開解你，你唔再係自己一個，心情都會好啲。

揀邊個傾偈都要小心，要避免搵啲冇咩主見嘅人傾偈，佢哋因為怕觸動到你脆弱嘅心，所以只會一直順住你意，講你想聽嘅說話，鬧你前度、講你前度壞話，不斷煽風點火，結果令你唔可以喺段關係中審視自己有咩問題，得唔到進步，結果新戀情又再重複犯錯。

可能有好多人問你有關詳情，但你同對方嘅感情事、床事唔好同唔熟嘅人、陌生人講太多，就算你覺得對方有幾衰，有幾想呻，好想得到人哋嘅安慰、認同都不了。唔好以為佢哋信得過，其實好多人口蜜腹劍。唔係點解娛樂圈成日有咁多花生，咪就係啲明星講完畀啲無謂人聽，對方轉個頭就爆晒出嚟，一個傳一個，成件事話咁快由私事變咗做新聞，全香港都知。

有啲有心人根本唔係關心你有冇事，只係想聽吓八卦，想笑你。聽完仲會誇大化，甚至改咗某啲部分，再「幫」你揚出去。到時你同對方就會變成其他人茶餘飯後嘅話題，人哋實話你分咗

手唱衰人，冇道德，搞到你形象受損。如果件事傳咗畀前度聽，你同佢⋯⋯唉，你自己拆掂佢喇。

所以面對其他人嘅好奇追問，你冇必要同其他人交代咁多個人私事，你只需要簡單咁講一句，話你哋分咗手就得，咁樣仲顯得你成熟。

- 全情投入工作

投入工作係治療情傷嘅好方法，當你思緒好混亂，望到啲咩都會諗起前度嘅時候，可以嘗試將注意力轉移去其他地方。例如化悲憤為力量，重投工作懷抱，追趕進度，爭取升職加人工。由於你生活變得忙碌，你就會冇時間掛住佢，唔會無時無刻諗起佢，可以暫時將唔開心嘅情緒拋走。原本你可能因為分手感到迷失，覺得自己好不幸，但當你有咗工作目標，你個人會有方向感好多，而且你慢慢會發現自己冇咗佢都生活得好好㗎。

有些愛 總要痛過才明白

- 尋找新嘅興趣

可能你同前度一齊緊嗰陣，佢唔畀你考電單車牌、唔畀你紋身、唔畀你去 Working holiday，但你依家自由喇，可以放膽去試。試完你先會知道呢個世界原來係咁美好，咁多精彩嘅活動你都未玩過，為自己製造更多開心回憶。你亦可以嘗試搵新嘅興趣，可能去學樂器、學外語、學煮嘢食，將自己一星期時間表塞到滿一滿，一來能夠增值自己，又可以擴闊社交圈子，識多啲人；二來個心更加充實，唔使再諗住前度，一舉兩得。

最好去培養運動嚟鍛鍊身體嘅興趣，每日搵兩個鐘去跑步、瑜伽、健身，做到唔再諗亂嘢，令自己健康啲，身形又好睇啲，脫胎換骨。好似英國有個女仔本來計劃同男朋友幾年後結婚，可惜佢因為身形問題慘被未婚夫拋棄。佢好傷心，喊咗幾個星期。後來佢決定減肥，定期去健身室做運動，亦會嚴格控制飲食，成功由 247 磅減走 116 磅，喺 2020 年嗰屆嘅英國小姐選舉得到冠軍，好勵志。佢坦言一開始只係貪得意先參選，點知贏到。所以你唔好自暴自棄，可能你努力啲，下個選美冠軍就係你。

02
如何處理同前度嘅關係？

　　你同前度以後就要各走各路，互不相干。如果你哋一樣，本身份人係好愛恨分明，愛就係愛，唔愛就係唔愛，非常灑脫，咁就唔使特別處理同佢嘅關係。但如果如果你份人好心軟，冇乜主見，佢講幾句你就會猶豫，好大機會忍唔住回頭搵佢，再受傷害；又或者佢係個諗好多嘢嘅人，你好普通咁搵佢傾偈，佢會誤會你想同佢喺返埋一齊嘅話……咁你處理同佢嘅關係時就要狠心啲，咁就可以「春天分手，秋天會習慣，苦沖開了便淡」。

- 考慮封鎖前度所有聯絡方法

　　同前度講完分手，可能你好快又理返佢，好正常咁傾偈，保

　　　　　　　　　　　　　　　　有些愛 總要痛過才明白

持聯繫，繼續見面。其實咁做好危險，可能會令你哋其中一方心軟，同埋有種錯覺，覺得大家同以前一樣，感情冇變過，結果大家嘅關係又再糾纏不清，餘情未了。啱啱講完分手後盡量唔好同佢見面，甚至絕到要封鎖、刪除對方所有聯絡方式，咁先可以令你狠心啲，唔再搵佢、理佢，同時能夠帶出潛台詞「我唔願意同你重新開始」，阻止佢繼續騷擾你，斬斷佢想復合嘅念頭。

另外我知道你可能好抵死日日撳入佢 Fanbook、I 豬嘅帖文、限時動態，好關心佢做緊咩，又好八卦想知佢同你分咗手之後生活成點。如果佢一蹶不振，好傷心，終日借酒消愁，可能你會開心啲。但如果佢搵晒好多朋友幫自己開 Party 慶祝，又日日約啲靚／型過你嘅異性朋友出街，生活得仲開心過同你一齊嗰陣，咁你咪盞谷鬼氣。

算啦，佢已經唔屬於你㗎喇！你愈睇，對佢愈上心，愈放低唔到佢，等於虐待緊自己。雖然分手係痛，但係執著而唔放低先最痛。唔好再睇佢嘅社交平台，唔好再留意佢嘅一切，否則你會一直活喺佢嘅陰影之下，心情都會被佢一舉一動所影響。果斷啲，取消追蹤佢，封鎖佢，乾淨俐落，令佢徹底喺你嘅世界中消失。

界自己同佢有足夠嘅時間接受分手現實，當你唔再在意、關心佢嘅心情，唔會突然間諗起同佢一齊嘅時光，唔會好奇佢依家做緊啲咩，代表你真正放低咗呢段感情，到時你可以考慮解除封鎖佢，重新加返佢嘅聯絡方式。

- 前度物品要徹底收好

以前前度可能送過好多禮物界你，你應該用個盒裝住佢，收埋喺櫃裡面或者床下底，總之係一個自己唔會成日見到嘅地方。至於你同佢嘅合照，唔好再擺喺電話喇，太易見到，你應該過晒落電腦度，或者放晒入 USB，將你哋之間嘅回憶永久封存。

始終每一個人都有自己嘅回憶，所有回憶都代表成長嘅過程，有時候有啲回憶可以提醒自己，所以唔使咁心急要�晒前度嘅物品嘅。最重要係當你識咗新歡，要主動同佢解釋點解唔�同收埋嘅原因，希望得到理解。但如果到咗人生另一個階段，餘生會同旁邊嗰位過，過去嘅回憶都係屬於上一個階段嘅自己，咁前度嘅物品就可以揞喇，唔使留。

　　　　　　　　　　有些愛 總要痛過才明白

- 勿干擾前度新生活

有啲人分咗手之後唔抵得前度生活得咁好，或者搵到新男朋友／女朋友，特登去招惹人，或者講啲嘢去嘲諷佢、踩佢，感覺上好過啲。唔好傻啦，除咗你感覺良好，佢仲開心過你，一來你咁做證明你野蠻、唔講道理、麻煩，佢更加覺得同你分手嘅決定係冇錯；二來你咁做咪即係代表你仲有留意佢嘅嘢，依然好緊張佢囉，你唔睇你就唔會知，你唔知就唔會想激佢。佢呢個時候實好得戚，以為自己魅力大到你根本離開唔到佢。

記住你哋當初分手嘅原因，你要慶幸依家同佢嘅人唔係自己，係人哋。加油啦！無視佢，見到佢都當唔識佢，做好自己，到時可能係佢調返轉頭去留意你、妒忌你呢。

03
放低過去 重新出發

你成功從失戀嘅痛苦中走出嚟嗎？有人分手後，選擇享受單身嘅自由；有人分手後，相信自己值得被愛，準備好心情，勇敢咁行過另一條新路。喺嗰度，你會發現有唔少曾經受情傷嘅人，伸一伸手，同佢講吓你嘅遭遇，可能你同佢先係命中注定嘅一對。不過喺開展新感情之前，有啲大忌你要注意，千祈唔好犯，如果唔係會好傷新歡嘅心㗎！

- 開始新戀情前請先放下舊情

忘記唔到前度就認，唔好諗住求其搵個唔係咁鍾意嘅人喺埋一齊，等自己冇咁掛住前度，冇咁寂寞；或者諗住快啲拍拖，利

用新歡同前度競爭，自以為威過佢。你呢種人淨係識顧住自己，自私到死。新歡都係人，會唔開心，唔係得你一個有感受㗎！當新歡係代替品，係攝時間嘅工具，咁對佢好唔公平。最重要係你根本唔鍾意佢，點都唔會投入到，可憐新歡以為佢做錯啲咩，好苦惱咁諗自己有咩問題，盡全力氹你開心，講完一大輪，你先對佢坦白都係唔捨得前度，簡直浪費大家時間。

上一段感情已經係過去式，依家嘅感情先係現在進行式。一係你承認放唔低前度，放棄新歡，嘗試同前度復合。一係你努力放低前度，放棄埋新歡，單身一排先，之後真係準備好先開始拍拖。一係你唔好諗咁多，前度嘅嘢燒咗佢又好咩都好，繼續同新歡一齊。

- 分手後幾耐先可以拍拖

「分咗手冇耐已經 Move on，鍾意咗第二個人，到底我哋應唔應該喺埋一齊？」、「會唔會被人話太快拍拖？」、「好驚被人誤會我鍾意咗第二個先會分手……」相信好多人都有呢啲疑問。

分手後，冇話幾耐之後拍拖先叫正常，唔通拍咗拖 10 年，就要等 10 年之後，或者等前度識咗個新對象、結埋婚、生埋仔、抱埋孫，咁你先可以拍拖咩，唔係囉。唔使介意前度嘅感受，因為無論你幾時拍新拖，只要快過佢搵到新歡，佢都會覺得你太快識過第二個。你畀佢揀，佢梗係想你一直搵唔到，但佢就搵到，仲幸福過你啦。

總之你唔係出軌，正式講完分手，完全放低舊情，之後又真係好快就對另一個人一見鍾情，真心愛對方，咁就可以放膽拍拖。依家你喺啱嘅時間遇到啱嘅人，緣分到，就要好好把握，唔好執著埋啲無謂嘢，等到過晒鐘，人哋唔再等，你先話想開始，到時你後悔都冇用。

- 同前度做返朋友要考慮好多嘢

想同前度做朋友，要考慮好多方面。第一，前度想唔想同你做朋友先，係咪你情我願？佢唔想再見到你，只係你單方面想做，咁已經唔得啦。如果提出分手嗰個係你仲乞人憎，唔好懶係大愛喇，有冇諗過關心佢多一次，就等於再傷害佢多一次？

第二，現任介唔介意你哋做朋友先？可能你同前度係和平分手，或者曾經鬧到好僵，但依家已經和解，大家都放低咗，想做返朋友，保持聯繫。假如你依家單身，當然冇問題，話晒你同佢相識、相愛都係一場緣分，有個咁了解你嘅人做朋友，都幾難得。不過假如你依家已經有新歡，咁你就要問吓對方嘅意見，再作決定。

試問有幾多個人可以接受到另一半同前度做朋友？可能 10 個裡面得一個。原因係你同佢之間曾經係最親密嘅人，你哋去過好多地方，有好多共同回憶，做過好多親密行為。雖然你同前度係分咗手，但作為你嘅現任，如果有一定佔有慾，見到你哋仲有聯繫，唔多唔少都會呷醋，都會介意。現任亦會懷疑你仍然鍾意前度，擔心你哋舊情復熾。

- 避免喺現任面前提及前度

依家你同前度已經 Game over 咗，已經同咗現任一齊，好心你就專一啲，唔好再有意無意提起前度：「咦，呢間餐廳我之前同 XX 嚟過！」、「XX 都有呢頂帽喎！」、「XX 話過唔可以咁做

喫」……你咁鍾意提起前度，躝返去同人一齊啦，做乜仲要分手啫。你調返轉諗吓，如果你現任同你行街，久唔久就提起公司個異性同事，你都會妖出聲，心諗做乜嘢啦。

如果現任主動問起你同前度嘅嘢，例如「去過邊度拍拖啊？」、「送過咩禮物畀大家？」，呢啲問題你可以係咁意答吓。如果佢問到好深入、敏感嘅問題，例如「你哋搞過幾多次嘢？」、「鍾意玩咩花式？」、「去過邊度野外露出？」，你唔使特登講大話，只需要話唔記得咗，或者盡快帶過另一個話題就算。

千祈唔好咁天真，佢嗲你兩句，或者講「你講啦，我唔會嬲㗎～」，你就順晒佢意，佢問咩，你答咩，仲要鉅細無遺咁講出嚟。因為咁就大鑊，佢呢刻可能冇嘢，過咗一排就會愈諗愈唔對路，個心頂住頂住。之後你哋每次鬧交，佢都會拎呢件事出嚟講，話你對前度好過對佢，到時你就真係「搬石頭砸自己腳」。

- 切忌將前度同現任作比較

細細個屋企人一定有將你同兄弟姊妹、鄰居、親戚仔女做比較，話你已經唔夠醒目，仲要唔夠人哋勤力，搞到讀書成績咁差。你聽到有咩感受？你可能會唔開心，會忿忿不平，心諗自己已經盡咗全力，唔明點解屋企人唔識讚你，淨係一味覺得你唔夠人叻，唔夠人好。或者覺得好辛苦，明明依家唔係比賽，唔係鬥緊邊個勁啲，唔明點解屋企人咁鍾意搞自己同其他人鬥。

其實你現任都有同樣諗法，個個都有自己嘅性格、獨特嘅一面，前度一定有前度好嘅一面，現任亦有現任好嘅一面，唔應該將兩個人比較。就算現任做咗錯啲咩，有咩問題，你都唔應該拎前度嚟踩低佢，畀壓力佢。你咁做係死罪，只會帶來兩個結果：一係佢唔會識得反省自己，只會激起佢嘅醋意、恨意、覺得你仲鍾意前度，仲係放唔低人哋，影響你哋之間嘅感情；一係佢會極度自卑，覺得自己比唔上你前度，唔夠你前度靚、唔夠你前度搵得多錢，失去自信。

前度已經退出咗你嘅人生，既然你依家揀咗同現任一齊，你

就應該只著眼於佢一個人身上，呢個係對佢嘅基本尊重同禮貌。

- 唔好因過去經歷對現任有所保留

你可能曾經被前度傷害得好深，所以唔敢相信愛情，好怕又有相同嘅結果。你好敷衍、冷淡咁對待對現任，唔再付出，但你咁做等於用前度嘅錯去懲罰緊你同現任。

好似你係做賣衫，上個星期舖頭嚟咗個唔講道理嘅客人話件衫唔啱著，要求退貨。件衫上面有個好明顯嘅煙頭印，你醒起上星期要個客 Check 貨嗰陣都冇，依家突然有，估都估到係個客打橫嚟講，但你怕得罪佢，所以賠咗畀佢。去到今個星期，有個新客嚟咗，第一次幫襯就睇中咗 10 件衫，點知你因為怕佢係舊客嗰種人，對佢語氣勁差。佢想你介紹啲衫畀佢，你唔理佢，要佢自己睇。比著你係個新客，你都會覺得呢個老闆好奇怪，仲會叫啲人唔好嚟啦。

簡單咁講，你身邊嘅人已經唔係前度，係現任，你點可以將之前嘅唔開心帶到嚟依家嘅感情，用呢個藉口去對現任差？你咁

做，難怪一直遇到都係爛桃花，依家就知道，原來係你自己一手造成。

- 積極用新經歷蓋過舊回憶

香港地少人多，你點都會同現任去到一啲你已經同前度去過嘅地方，食啲同前度食過嘅嘢。唔使驚，亦唔使刻意避，因為點避你都避唔到。既然一場嚟到，你應該同現任更加開心咁去玩，留低美好時光，用新經歷蓋過舊回憶。

捉得愈緊

他愈離你愈遠

你看不起自己

也沒有人會看得起你

留住他的身

也留不住他的心

他愛你 你不用做甚麼都能得到他

他不愛你 你做甚麼也不能得到他

一段感情想重新開始

就要將拼圖重新砌過

想愛人之前

請好好愛自己

Chapter 4 /

第四章節

復合方法

The Ways
to Get
Back
Together

01
你應唔應該同佢復合？

聽到「箍煲」二字，有啲人會覺得反感，「好馬不吃回頭草」，一來覺得講咗分手嗰刻就已經對雙方造成傷害，心存芥蒂，邊有得收返；二來認為人嘅性格係冇得改變，就算一齊返，結果都係分手收場。其實復合並非罕見嘅現象，有 45% 嘅情侶講咗分手後能夠喺返埋一齊。

想復合之前，要睇吓做錯事或者亂咁講分手嘅人係邊個，假如嗰個人係佢，咁你就唔好主動箍喇，要箍嗰個應該係佢。假如嗰個係你，咁你就要攝高枕頭諗清楚，因為復合冇得強求，要睇吓有冇以下幾個跡象先知你哋段關係有冇得救。

有些愛 總要痛過才明白

1. 當初分手係衝口而出，原因係咩都唔太清楚，總之唔係好嚴重嘅問題或矛盾，想修補係有方法。你諗諗吓開始諒解對方，後悔大家唔應該因為咁小事分手。

2. 你唔係唔慣佢喺身邊陪住自己，唔係承受唔到寂寞嘅感覺，你係真心覺得大家好夾，對方對你好好，非常了解你，如果就咁分手會好可惜。

3. 佢份人比較心軟，對你餘情未了：社交平台冇刪走你哋嘅合照；冇封鎖或刪除你嘅聯絡方法；願意簡單回覆你嘅訊息；透過朋友留意你嘅一舉一動。如果佢做晒呢幾點，證明佢似乎唔太捨得你。但如果佢已經唔鍾意你、討厭你，只係你一廂情願，你做幾多籮煲行為都冇用。

4. 大家明顯同以前嘅自己唔同咗，改晒啲壞習慣，變得更加好。你亦已有心理準備，要比以前擺更多心機、時間去維繫感情，鞏固段關係。

5. 旁觀者清，如果身邊人都支持你，叫你同返佢一齊，幫佢講好說話，你應該考慮吓係咪應該復合，畀次機會大家。

6. 大家都冇新嘅對象，呢點好基本。

如果中晒咁多點，代表你哋呢段關係都仲有轉機，可能有機會重新開始，你快啲去箍煲啦！雖然唔知道成唔成功，起碼試咗先，唔好畀自己後悔。

　　　　　　　　　　　　有些愛 總要痛過才明白

02
錯誤箍煲方法

想箍煲唔係咁易㗎葉師傅！好多人控制唔到情緒，太激動、心急，畀太大壓力對方，或者擺到自己姿態過低，結果令對方更加想逃避你，想斬斷呢段感情。

- 搵佢朋友幫拖

唔少人分手都會搵前度嘅朋友幫手，呻吓自己有咩苦衷，一齊諗計仔箍煲，或者幫你講好說話，做和事佬，拉攏一下。諗就諗得美好，但你忽略咗幾個現實問題：

1. 人多唔一定好辦事，明明兩個人嘅感情問題，你拉埋其他

人落水做乜？如果你係有誠意，應該一人承擔，自己搞掂。你咁樣好似想用群眾壓力逼佢同你復合，就算佢嗰刻一時應承，最後都會同你講分手。

2. 可能佢根本冇諗過將呢啲嘢講畀其他人知，你講畀多一個人聽，就多一個人知道你哋嘅秘密，到時佢一定嬲你爆晒佢啲私隱出嚟。

3. 如果佢係好重視朋友嘅人，會覺得你麻煩到佢朋友。亦可能佢朋友真係覺得你好煩，又唔好意思唔理你，對你印象更加唔好。

4. 你搵到嘅所謂朋友，未必係佢真心朋友，佢哋心諗你哋分手關自己咩事，甚至會向你前度講返你壞話都未定。

所以有咩就自己同前度講啦，佢唔想聽，邊個出馬都幫你唔到。

有些愛 總要痛過才明白

- 奪命追魂 Call 跟蹤對方

我知你好心急想同佢喺返埋一齊，所以唔想只係透過電話溝通，想用盡一切方法同佢見面，認真傾吓自己嘅問題，睇睇大家有冇機會復合。你去佢屋企、公司樓下等佢係 OK 嘅，睇吓佢肯唔肯同你傾啦，肯嘅話就要把握機會，快啲睇吓後幾頁，度定到時見到佢講乜嘢。

但如果佢唔肯？唔肯都冇用，佢依家情緒未冷靜到，你就唔好夾硬要同佢傾。例如無間斷係咁 Send 訊息、打電話轟炸佢「點解你唔覆我？」、「你做緊咩？」、「快啲應啦」……嘩，唔得閒咪唔覆囉，唔鍾意咪唔覆囉，一定要應你㗎咩？又例如跟蹤佢，跟到佢肯應你為止，咁樣真係好恐怖，睇到都戥佢覺得辛苦、覺得好 X 煩。

佢願意喺電話度應吓你，唔拒抗你，已經係佢最大嘅讓步。依家你唔畀啲空間佢不特只，仲要咁煩，逼得咁緊，係咪想搞到佢唞唔到氣，好唔舒服，最終驚咗你，疏遠你？其實佢有覆吓你已經夠喇，得閒關心吓佢一兩句就算，做得太多就會有反效果。

你要記住，依家佢唔係你男朋友／女朋友，只係普通朋友。佢冇責任講畀你知佢做緊咩，去咗邊，亦唔需要秒回你。

- 講到自己好慘逼佢一齊返

所謂嘅賣慘有 3 個方法，可能你用以前嘅付出同犧牲嚟情緒勒索佢，例如話「我曾經因為你冇咗份工」、「我為咗你同我屋企人反晒面」、「我畀咗隻豬你㗎，你要負責」等等，希望佢聽完覺得悔疚，繼續同你一齊。就算你哋可以一齊到，佢只會覺得對你唔住，想補償你，唔係愛你。佢仲會擔心繼續同你一齊，你會唔會又再拎以前嘅事出嚟講，畀說話佢聽，諗吓諗吓，最後佢唔會再敢同你一齊。

可能你講到自己又窮又冇人冇物，好慘，例如「我呢排冇工返……你可唔可以幫吓我」、「其他朋友都唔理我」、「我同屋企人鬧交，你唔幫我我就要瞓街」，企圖勾起佢同情心，博佢會伸出援手。即使佢願意幫你，佢只係當你係普通有需要嘅人，提供基本援助，唔會諗話同你一齊返囉。同埋你咁大個人，又唔係細路仔，連照顧自己都有問題，佢更加唔會同你一齊，費事成為負

擔之一。講真，佢又唔係你老竇，冇責任要湊你。如果佢真係好鍾意照顧人，都寧願助養個再困苦啲嘅小朋友啦。

可能你用自己條命嚟威脅佢，「你唔同我一齊我就絕食」、「你唔復合，我就會去跳海」，令佢明明唔想，但都逼不得已要同你復合。你以為依家拍緊劇？可能佢會同你一齊嘅，但你只會得到佢嘅肉體，得唔到佢個心。表面上咩都應承你，其實佢唔係愛你，而係驚你做傻事。你放心，咁嘅愛情係一定唔會幸福，亦必定唔會有結果。你用慣咗咁嘅伎倆箍實佢，成個人充滿負能量，佢只會愈來愈辛苦，愈來愈對你反感，更加唔想復合。

- 態度差劣 吊高嚟賣

既然你想復合返，語氣就唔好咁差啦：「唔係呀嘛，原來你仲嬲啊？咁小器」、「本身冇咩特別想傾，但你想就唔緊要啦」。可能你覺得自己主動搵佢，行咗第一步，已經叫做好大步喇啦，係佢唔領你情、唔理你、唔啋返你……你仲唔明自己有咩問題？你咁樣咄咄逼人，呢啲叫傾咩？呢啲係擺到明係撩交嗌啦。佢聽落唔舒服，唔好話啋你，仲會質疑你係唔係真心想一齊。其實依

家要求好簡單，唔係叫你低聲下氣同佢講嘢，但你起碼語氣誠懇啲、謙虛啲，佢先會感覺到你嘅真誠，復合機會就自然大啲。

- 不惜捨棄尊嚴就晒佢

雖然要求復合嗰個係你，但唔代表你需要苦苦乞求佢喺返埋一齊，你只係同佢傾條件，地位係一樣，冇話邊個高啲，邊個低啲。千祈唔好覺得自己有求於佢，所以拋棄自己嘅底線同尊嚴，咩都聽晒佢話，佢要做乜你就做乜；佢鬧你，你都唔敢反抗佢。

唔好咁傻，覺得咁做佢就會返去你身邊啦。你搞到自己咁卑微，將自身價值降到最低，佢只會覺得你離唔開佢，又襯唔起佢。你都唔識自愛，睇唔起自己，佢更加唔會愛你、尊重你，仲會愈來愈唔在乎你嘅感受，肆無忌憚咁利用你，叫你幫佢做呢樣嗰樣。

就算你喊晒口跪喺度又好，不斷打自己都好，唔會令佢覺得心痛。如果普通鬧交可能有用，因為嗰陣佢仲係好愛你。但依家你同佢已經分咗手，佢對你嘅愛可能得返 0.0000001%，你咁樣盡將佢愈推愈遠，搞到佢唔知點好，唔耐煩到連嗰少少嘅愛都冇埋。

有些愛 總要痛過才明白

- 靠性換返段感情返嚟

最傻係呢種，當前度提出開房要求，你即刻應承，諗住大家仲有肉體上嘅交流，似乎證明佢仲愛自己，唔捨得自己，好大機會令佢回心轉意。唔通搞緊你嗰陣，個腦唔係諗住「好爽～」、「好舒服」，而係回想返你哋以前拍拖嘅回憶咁戀居啊？

坦白講，其實佢只係當你係免費飛機杯／震棒，幫自己解決性需要。比著佢揀，梗係寧願食件就手嘅，好過自己搞掂啦。唔好以為有搞嘢就代表一齊返，你同佢唔再係情侶關係，佢今日可以同你搞，佢聽日可以同第二個搞，冇手尾跟。

佢依家同你搞，係因為佢未搵到新對象。當佢搵到，你同佢嘅復合機會直接去到 0。到時你可以阻止佢咩？你係邊個？你連呷醋嘅資格都冇。如果你諗清楚，唔再隨便獻身，你就會發現自己好傻，唔知自己咁做係為咗乜，嘥時間，嘥精力，阻住自己開展新生活。當然假如你自己覺得做 SP 冇問題嘅話，Just do it！但唔好諗復唔復合到囉。

03
較佳挽回方式

　　有人話分手之後絕對唔可以搵前度，要斷絕聯繫，如果不斷搵佢求復合，只會令佢覺得煩。以我角度睇，只係啱咗一半。正常人如果唔想分手，梗係會即刻搵對方傾啦，點會唔搵佢。你唔搵佢，佢會更加肯定你已經唔愛佢，呢段感情已經玩完。當佢情緒平伏返，習慣咗冇你喺身邊嘅感覺，慢慢就唔會再諗起你哋拍拖嘅回憶，最後會完全接受分手呢個事實，到時你先提出復合就太遲。所以想挽回的話，記住「有早冇遲」，趁住佢仲猶豫緊同你分開嘅決定係咪啱，懷念緊大家一齊嗰陣嘅開心事，你要趁早出擊。

有些愛　總要痛過才明白

- 主動誠懇地認錯 承認責任

走到分手呢一步，你同佢都有一定責任，想挽回，就唔好再同佢死拗爛拗，浪費咗挽回嘅機會。你應該同佢坐埋一齊，坦誠溝通，要謹記兩點：

1. 唔好再講咩藉口，將責任推去佢度，點都唔肯認錯：「我覺得我冇做錯，係你逼到我咁」、「如果唔係你⋯⋯，我點會⋯⋯」、「你誤會咗我，我根本唔係咁嘅人」。當你依家係上司，下屬做錯咗啲嘢，你話過佢好多次，但佢次次都唔覺得自己做錯，仲駁你嘴，而唔係即時諗辦法去補救，解決問題，畀著你，你都忟啦。所以你應該誠懇咁道歉、認錯，喺佢角度出發，對佢嘅心情表示理解：「對唔住，我有做得唔啱嘅地方，我唔應該_____（自身問題）_____，係我做得唔好，我都對自己好失望。」例如佢鬧過你份人冇交帶，你就話：「我成日失咗蹤唔知去咗邊，搞到你擔心我，我好後悔自己咁樣，因為比著你咁冇交帶，我都會好緊張，以為你有咩意外。」

2. 坦白傾吓大家段關係上出現咗咩大問題，講自己嘅建議出嚟，等佢知道你唔係求求其其：「我哋喺____（最大矛盾位）____上有分歧，但我哋唔係唔夾，只係缺乏溝通。我應承你，我會____（點樣改善）____。」

3. 讚佢一直以來對你點好，強調同佢一齊好開心，等佢聽落舒服啲：「同你一齊嘅嗰段時間係我最開心嘅日子，我哋試過____（開心回憶）____。我曾經諗過我哋未來會係點，可能會____（未來計劃）____，多謝你帶畀我呢啲嘅美好嘅時光。」講晒依家嘅諗法同埋冇講到出嚟嘅心底話畀對方知，希望打動到對方。避免提及佢對你嘅犧牲同付出，否則佢會覺得離開你係個好選擇，自己唔使咁辛苦。

4. 最後問佢想唔想畀次機會大家，如果想就一天都光晒，如果唔想，你就話想一齊睇返以前啲相，做最後嘅紀念，之後你就會刪晒啲相。呢個行為係等佢睇返大家啲回憶，博佢唔捨得你，會回心轉意。

- 用行動證明你會改過

唔係道咗歉就得咁輕鬆㗎,有邊個唔識講到自己幾咁好啫,重點係你要用行動嚟證明自己已經唔係以前嘅你,為佢帶嚟新形象。如果你仲係以前咁,一成唔變,佢點會注意到你,想同你一齊返呢?

例如前度話過你冇上進心,你就上載自己報堂增值嘅相上社交平台;前度話過你太重視工作,忽略咗佢,你久唔久就用溫柔嘅 Voice message 關心吓佢:「天文台話落雨,你記住拎遮啊,唔想你病」呢度要小心,唔係叫你鬧佢、責備佢,佢實送你 5 個大字:「你係我邊個?」。之後你就擺把遮喺佢屋企門口,或者寄畀佢,等佢知道你唔係得個講字,而係真心想改過,想進步。

- 畀佢睇到更好嘅自己

唔理佢有冇理你,你都要保持正面、積極嘅心態,一直求進步,唔係原地踏步。

1. 執一執自己嘅外形，女仔去學化妝、著有踭嘅鞋、戴首飾、束起唔同髮型，打扮自己；男仔可以轉換第二個髮型，上健身堂或者保持運動嘅習慣，操弗自己，增加自信。

2. 提升氣質、內涵，主動搵啲有助自己事業嘅課堂去進修，例如你做傳媒行業，咁你就去學剪接、拍攝、執圖；例如你做飲食業，咁你去學埋藍帶⋯⋯如果你嗰行唔需要特別訓練其他技能，你可以去學多種語言或樂器。

3. 擴充自己嘅履歷，主動報比賽，拎獎返嚟。唔好忘記影低製成品，放上社交平台做個紀錄，博佢睇到你嘅蛻變同魅力，重新吸引佢嘅注意力。

4. 唔好困住喺自己嘅世界，你唔係得佢一個朋友㗎，主動叫朋友介紹啲朋友畀你識，識到唔同類型嘅人，從佢哋口中學多啲知識，咁你講嘢先會有內容，唔會空泛。同埋見多啲人，個人都冇咁負能量。

有些愛 總要痛過才明白

- 搵時機約出嚟 重新聯絡

你可以去佢去開嘅地方出現，唔使走去同佢講嘢，亦唔使同佢打招呼，盡量有幾遠行幾遠。隔日製造有距離感嘅偶遇，做幾次，引起佢好奇心，佢或者會主動問你做緊咩。你可以簡單咁交代，話自己只係嚟上堂，但約咗人，下次食飯再講，同時約埋佢下次會幾次見面。

準備見面時，唔好搵啲勁浪漫嘅餐廳，係人都知你想復合，咁樣其實係界緊壓力佢。建議去啲多人嘅 Cafe，玩吓 Board game 仲好。而喺心態上盡量唔好當佢係前度，又再回帶講返以前一齊嘅事，逼佢記起你嘅好，你咁搞法，佢以後都唔敢同你出街。

你應該當佢係朋友咁相處，傾吓無聊嘢，等個氣氛舒服啲、輕鬆啲。Take it easy，依家係朋友啫，遲啲大家成熟啲，或者有機會翻撻呢。

最後如果你成功同佢喺返埋一齊，恭喜你！你要好好珍惜呢段得來不易嘅感情。為免重複犯錯，又再分手，復合前要講清楚大家有咩底線同原則，講到明自己有咩接受唔到。三口六面講晒出嚟，冰釋前嫌，就唔好再記掛住以前鬧交講過嘅嘢，Let it go～Let it go～加油啊！

有些愛　總要痛過才明白

作者	紙情
編輯｜校對	席
封面	Vincent

出版	孤泣工作室有限公司
地址	新界荃灣德士古道 212 號 w212 2005 室

發行	一代匯集
地址	九龍旺角塘尾道 64 號龍駒企業大廈 10 樓 B&D 室

承印	美雅印刷製本有限公司
地址	九龍觀塘榮業街 6 號海濱工業大廈 4 樓 A 室

出版日期　2021 年 7 月
ISBN　　　　978-988-75830-0-4
定價　　　　港幣 $98

facebook　｜　孤出版
instagram　｜　lwoavie.ph